青春年轮

钱玉贵◎著

时代出版传媒股份有限公司
安徽文艺出版社

钱玉贵，中国作协全委会第八、九、十届委员，中国作协会员，中国化工作协主席，一级作家。鲁迅文学院第十七届作家高研班学员。先后出版长篇小说《壤土》《潜入罪恶》《尘世喧嚣》，中篇小说集《追寻安娜》《遭遇城市》，短篇小说集《最后的夜晚》，散文集《你，是唯一的》《像片叶子一样活着》等，发表作品三百多万字，获得文学类奖项若干。

钱玉贵 ◎ 著

青春年轮

QING
CHUN
NIAN
LUN

时代出版传媒股份有限公司
安徽文艺出版社

图书在版编目（CIP）数据

青春年轮/钱玉贵著.--合肥：安徽文艺出版社,2024.6
ISBN 978-7-5396-7838-2

Ⅰ．①青… Ⅱ．①钱… Ⅲ．①长篇小说－中国－当代 Ⅳ．①I247.5

中国国家版本馆 CIP 数据核字(2023)第 165597 号

出 版 人：姚　巍
责任编辑：张妍妍　　　装帧设计：余　超　张诚鑫

出版发行：安徽文艺出版社　　www.awpub.com
地　　址：合肥市翡翠路 1118 号　　邮政编码：230071
营 销 部：(0551)63533889
印　　制：安徽联众印刷有限公司　　(0551)65661327

开本：700×1000　1/16　印张：14.625　字数：150 千字
版次：2024 年 6 月第 1 版
印次：2024 年 6 月第 1 次印刷
定价：56.00 元

（如发现印装质量问题，影响阅读，请与出版社联系调换）

版权所有，侵权必究

目　录

第一章 / 001

第二章 / 007

第三章 / 016

第四章 / 022

第五章 / 031

第六章 / 037

第七章 / 045

第八章 / 055

第九章 / 061

第十章 / 073

第十一章 / 081

第十二章 / 086

第十三章 / 098

第十四章 / 109

第十五章 / 117

第十六章 / 124

第十七章 / 133

第十八章 / 144

第十九章 / 154

第二十章 / 158

第二十一章 / 170

第二十二章 / 185

第二十三章 / 196

第二十四章 / 205

第二十五章 / 214

第二十六章 / 221

第二十七章 / 231

第一章

太阳快要落山了,校园操场上洒满斜阳红雾般的光芒,耸立在操场周围的一排排又高又大的法梧和冬青,郁郁葱葱,那些树冠上跳跃着斑斓变幻的红光,是静谧的、柔美的,煞是好看。那个快要退休的班主任艾老师还在不厌其烦地告诫着我们高考前的注意事项,一遍又一遍,而别的班级早就下课走人了,好像整个校园里就剩下我们班,不,就剩下艾老师那高亢而清亮的湘潭普通话的唠叨了。就是说,除了我们班,整个校园仿佛都静寂了下来。

那一刻,我的心里既惶惑又茫然,既为这个时刻的终将结束,也为这个时刻的即将开始。我已经合上课桌上的书本,手掌心里满是汗水。我脑子里乱哄哄的,早就听不进去艾老师在说些什么,或者说,他说的那些在我看来已经一点也不重要了——我们即将远走高飞,从伴随了我们十年的校园飞出去,从此踏入仿佛迷雾一团的社会。

我注意到前排座位上的江燕燕还在一个劲地埋头记着什么,黑亮亮的短发垂着,遮蔽了她漂亮的侧脸颊。她总是那么用功,似乎一分钟也不能耽误;她的前途命运仿佛跟她眼下正在纸张上一笔一画地写着的东西紧密相连,她必须抓住它们,不能让它们须臾之间从自己手里溜走。靠左侧窗户坐着的陶冶倒是正襟危坐,一点不受干扰似的望着讲台上白发苍苍的班主任艾老师,显得专注而平静。他好像已经不需要再用笔记什么了,只需认真地听着,记在脑子里。我发现,越是到了高考前夕,陶冶好像越是胸有成竹,没有表现出任何焦虑不安,反倒显得沉稳下来。他后排坐着的李二微微后仰着脑袋,从后面看,他好像在望着头顶上肮脏的天花板发着呆——他的诗情遐思,一定是早已冲破了这间沉闷的教室而飞到九霄云外去了。除了诗,他对高考似乎并不那么上心,也像是从来也没有什么可担心的。他永远都是那种自信满满的样子,显得孤傲而矜持。坐在全班中间位置的胡子,一会儿扭头看看我,一会儿又莫名其妙地看看左右,仿佛他也搞不懂同学们为何要耐着性子听艾老师这一遍又一遍早已熟知的"注意事项",又像是在关注我们是不是也像他一样地不胜其烦,最后,他向我双手交叉做了一个镜头动作——那是提醒我,放学后要去照毕业照片。我冲他挤了挤眼睛,表示明白,他回瞪我一眼,我看见他脸色涨红,神情厌倦透了。我最后观察到的是坐在我这一组最前排靠墙壁的三柱,在那个阴暗的角落里,他好像从一开始就趴在桌上睡着呢(好在他并没有发出呼噜声),他早就没兴趣听下去了。

"同学们都听懂了吗?"艾老师最后嘶哑着嗓子大声问。

"听懂了——"同学们齐声答道,含着恨不得早点撤离的烦躁与厌恶。

"同学们都记住了吗?"

"记——住——了——"

"那好,今天就到这里了。祝同学们旗开得胜,马到成功,金榜题名!"

同学们像潮水一般涌出教室,那一刻感觉到的自由绝非他日里所有的下课可比拟的,似有千斤重担倏忽之间就从肩头上卸下了,不,是从整个大脑里剔除掉了。所有的同学都明白,这可是我们整个中学时代的最后一堂课啊!

有几个同学一出教室门,就把书包抛向天空,那包里的书呀、笔呀、纸呀什么的立即散落一地,就那么不管不顾地又蹦又跳,尽情乱叫。但是也有几个是行色匆匆离开的,似乎余下的时间更宝贵,需要立即赶回家里抓紧复习。

三柱是最先跑出教室的,他一直跑到操场边的法梧树下,见我走过来就一头扑向我,抱紧我,眼睛里泛着抑制不住的激动的泪光。

"阿贵,我终于可以不用再念书了,我、我……真是太高兴了!"

我猛地推开他,惊异地问他:"你不打算参加高考?"

三柱脸红了,可能意识到自己说漏了嘴。"我考得上吗?——我的底子,你们谁不知道?"看见江燕燕、李二、陶冶和胡子一拨人走过来,三柱赶忙对我低声说,"让我再想想吧,可别告诉他们我不打算参加高考的事。"他说完就安静了下来,脸上浮出虚伪的笑容。

我们聚到了一起,胡子把书包搭在肩膀上,步态轻松地走到我们眼前说:"艾老师真糊涂,全是车轱辘话儿,一遍又一遍,烦死人了!"陶冶面色凝重，神情阴沉，显得心里很不舒服的样子。李二和江燕燕居然都眼眶湿润了，特别是江燕燕那双掩映在漂亮的刘海下的杏眼儿湿乎乎地微微红肿了。陶冶这时对我咬耳道："刚才下课后，你们跑得快没看见，江燕燕趴在课桌上哭了，说是中学时代就这样结束了。"李二也站在我的身旁，他望着西天残阳，眼眶里也是泪花闪烁。

"是啊，就这样结束了！"李二说，声音有点哽咽，"而要重新开始的一切，却都是未知的——命运啊，请开始你的征程吧！"他像是自言自语。我想，在课堂上时他就一定是在酝酿和想象着诗人的"命运征程"吧。

我们事先已经跟红旗照相馆的师傅约好了去拍毕业照片，就是贴在高中毕业证书上的那种标准照。我们结伴走出校门，晚霞在冷落的街道渐渐散去了。以往这个时候，街面总是热闹的，人呀，狗呀，甚至还有小孩子们在追逐游戏，可是这会儿，什么影儿也没有了，仿佛就是为了我们六个中学毕业生特意让出了道路，留下了空间。

一路上，我们谁也不说话，默默的，各怀心思，神情上都显得惆怅而压抑，这可是过去从来没有过的现象。以往在这条放学的路上，我们不仅又蹦又跳，有说有笑，还有辩论、争吵，甚至还有过冲突，总之表现出的都是丰沛而过剩的青春活力与莫名其妙的精神兴奋。

我走在中间，回头望了望，落在最后的是三柱（他总是喜欢落在最后），只见他摇头晃脑，东张西望，脚下的步子甚至是颠着跳着的，看得出，也只有他一个人感到了那种重负已卸、一身轻松的模样。江燕燕走在最前头,跟我们隔了三四米之距,她一直低垂着脑袋,不时用手绢擦拭一下眼睛,显然她还没有从那种离开中学生涯的伤感里解脱出来。她其实是我们这个小团体的核心,不仅仅是因为她的漂亮、优秀,还有她的敏锐见识和执着好强的性格——在当时,她的悲伤几乎就是我们大家的悲伤。走在她身后的李二突然放慢了脚步,他其实是一直关注着前面的江燕燕,她的那种状态显然影响了他的情绪。这时候,我们已经走到了街头的十字路口,好像所有的人都回到家里去吃晚饭了,街面冷清而寂静,看上去就像是从来不曾有过热闹的人烟似的。

就在这个时候,李二仰首高声朗诵道:"大风起兮云飞扬。威加海内兮归故乡。安得猛士兮守四方!"

江燕燕惊愕地抬起俏丽的脸蛋,并迅速地回眸一笑。

走在李二身后的陶冶也停下脚步,低沉地吟诵道:"孩儿立志出乡关,学不成名誓不还。埋骨何须桑梓地,人生无处不青山。"

站在陶冶身边的胡子马上跟了一句:"我——要扼住命运的咽喉!"

我马上意识到,这是李二要用诗的力量来冲淡那种伤感,来向我们的中学告别。我停顿了一下,接着也高声叫了一句:"青山遮不住,毕竟东流去。"

这就像击鼓传花一样,轮到走在最后面的三柱了。尽管沉默了很长一阵子,他还是涨红着脸高声叫道:"我、我要做那只高傲的海燕——让暴风雨来得更猛烈些吧!"这声吼叫使他脸色都白了,接着他像是自嘲似的哈哈大笑起来。

江燕燕这时候已经抬起头,面朝西天最后一抹夕阳,她那微微肿起的眼睛遥望远方。我们几乎都看到了,她那种一瞬间就变得神圣的美,在已经变得微弱的残阳映照下,令人心动而惊艳。她庄重而矜持地朗诵道:"我必须是你近旁的一株木棉,作为树的形象和你站在一起。根,紧握在地下;叶,相触在云里。"

就在江燕燕这样几乎正式地朗诵时,我才发现路边其实早就有人在驻足欣赏了,那些路人惊诧的神情表明,这帮孩子这么叫着嚷着是不是情绪出了状况。其实对于我们这个小团体,不,是对于我们这个文学沙龙,这样的情形并不新奇,我们只是把平时在李二的蜗居里和小院内的激情释放在了这样一个夕阳之下的街面上而已。就当时的情形看,我们又恢复了那种蓬勃生机,梦幻青春,勇敢无畏,恢复了那种人生的自信和信念的骄傲。

其实那时候,我就隐约意识到,我的人生,不,是我们各自的人生,随着这一刻的结束就将发生重大变化,至于如何变化不知道,但一定就像终于破堤的洪水,势不可挡地奔流向不可预知的河道与远方,且不可挽回又神秘莫测——喜悦也罢,伤感也罢,我们都必须面对。

就这样想着,在终于跨进街头那家红旗照相馆的门槛时,我的身子不禁战栗了几下,就像感觉到了命运的大幕终于被拉开了一般。

第二章

终于拉开帷幕的人生，还是从我在外飘荡了七年多后回到故乡小城说起吧。这七年光景里，我们这拨发小同学究竟发生了什么，现在想来，就像是一出完全没有事先策划与编排好的剧本，故事离奇而曲折，情节诡异莫测，人物变化更是脱胎换骨一般。

在我飘荡了七年多后终于回到故乡安顿下来的那一年初夏，李二从深圳回来探亲，我们这拨昔日发小同学又要相聚故里，那种喜悦和兴奋自然难以言表。那个时候，我们能够凑齐团聚在一起的次数越来越少；我们都知道，青春是个美少年，永远都是那样快步如飞，迅雷不及掩耳，消逝得几乎不留痕迹，消逝得近乎无影无踪——青春其实已经抛弃了我们，尽管我们依然那样执着地抱定着青春在身，且依然勇敢地幻想着未来。

我至今仍然清晰地记得，那一次的团聚相见，话题变得异常沉重乏味，气氛也多少有些水火不相容的意味。这是以往从未有过的现象。当然，这现象也透露出我们各自不同的人生境况。

"命运究竟是谁决定的呢？"胡子说，一脸不屑，"命运就是命运决定的，这有什么好辩论的？谁是什么命就是什么命，争也没用，不争也没用,早就潜伏在那里,改变不了的!"他径自把半杯酒喝下去,吧嗒着嘴吸烟,闷闷的样子。那个时候的胡子似乎已经遭遇了命运的创伤,身心交瘁;他满脸的厌倦之色,压抑着内心的愠怒。

胡子相当于说了一通废话。江燕燕就忍不住掩嘴窃笑,看得出,她不想笑出声,担心伤了胡子的自尊心。这时候李二却扑哧笑出声来,而且咯咯的,忍不住似的。顾及胡子的面子,他侧过脸去,望着窗外,好像是看到酒店窗外某个人可笑似的。

李二笑了一会儿,还是觉得有话要说,就正过脸来,直视着胡子说:"想当初,不是你口口声声说'我要扼住命运的咽喉'吗?那咽喉——你扼住了吧?"

胡子抬起头,脸色慢慢就白了。那是贝多芬说的话。当年这话还是胡子从李二的笔记本里抄到自己装订的那本天天带在身上的"名言名录"上的。在许多场合里,涉及未来如何时,我们经常看到胡子将这句名言铿锵有力地宣泄出来。

"那个时候是年轻幼稚,是青春浪漫,是不懂人生、不懂社会!"胡子反击道,激动使他有些面红耳赤。他耷拉着酒醺微红的方脸,挑衅的眼神盯着对面的李二,但李二根本不和他对视,又把目光转向窗外,好像他并不关心胡子回答了什么。

"我们的过去就是天真,甚至就是无知!我们曾经那么骄傲地以为自己多么有力量,可以改天换地,可以主宰世界——全是幼稚表现!"胡子眼睛都瞪红了,嘴里也呼呼响着。

江燕燕觉察到气氛不对劲了,用手迅速在桌下李二的大腿上戳了一下,提醒他不要激怒胡子,因为在之前的闲聊过程中,胡子就说了不少蠢话,又像是气话,似乎就是为了刺激李二。比如他先前说:"如今社会的高楼大厦、汽车洋房,还有花天酒地、灯红酒绿,就是金钱的推力,就是财富的力量!那不是诗、不是所谓艺术可以办得到的!不是,从来都不是!"语气和态度都充满挑衅意味。李二当时没有反唇相讥,但嗤之以鼻,眼神里也流露出不屑的厌恶,他仿佛不相信胡子会变得如此功利而世侩,甚至庸俗。

坐在胡子旁边的三柱始终一言不发,一张憨厚的圆脸上几乎没有表情。这种场合他从不参与,他也从来没兴趣聊什么命运之类。他不停地吃着菜,眼神也关注着盘碟,嘴里还会吧嗒出声响。江燕燕似乎不忍面对桌面上的僵局,也把目光转向窗外,静默着,好像一点也不关心这屋子里的议论了。

窗外是一棵很大的梧桐树,枝叶茂盛。这会儿起风了,树冠摇动起来,接着就下起淅淅沥沥的雨点,一滴一滴印在灰尘斑驳的窗户玻璃上。天色黯淡下来,街面上一片晃眼的水亮。老街、老屋的层层阴影斑驳地倒映在雨点密集的水面上。

显然,大家都在等一个人发言,好像也只有他才能打破这种尴尬的局面。

陶冶这才说话了:"命运这个东西,我看啊,谁也说不清楚。就说在座的吧,大家一路走来,有谁敢说眼下的处境就是自己当初所追求的状态？都不是，或者说，都不是原先向往的那样吧。"他其实一点也不想参与这种话题讨论，只是迫于无奈，"但是我们必须接受它，或者说，是不得不接受它！"——这话好像是给胡子台阶下，也可能仅仅是为了缓和一下紧张的气氛。

陶冶这种不温不火的腔调，经常能够四两拨千斤，而且态度也显得老成持重，话里话外透露出一种居高临下的气势。不过看得出，在同学面前透露出这种气势，他还是十分谨慎的。

我这时又给大家斟了一圈酒。"老同学见面，扯什么命运不命运的，有意思吗？"这是我心里想的，但嘴上没说。其实，不扯上这个话题，又如何说得清这些年里各自都干了什么，又成就了些什么，又会是怎样的人生境况呢？

包间里，随着陶冶话音一落，又静默了。

李二抽烟了，江燕燕抽烟了，胡子也抽了（他们都是读大学时学会抽烟的，后来都有了瘾），打火机先后都啪嗒一下，接着就是呲呲一片吐烟声，像是都在赌气似的。只有三柱拨着筷子在盘碟间划拉着，看得出，他才没有兴趣扯淡呢。此刻，陶冶略显僵硬地坐着，消瘦的脸上挂着木然的笑意，仿佛后悔自己刚才说的。我挨在李二身边，从他英俊的阴沉沉的侧面神情看，他心里还是有些愤愤不满的。胡子的话，包括陶冶刚才那种论调，似乎都影射了他……

也就是从那个时候起，我痛苦地发现，较之当年美好单纯的中学时光，如今我们各自的人生已经走在了不同的轨迹上。那一次团聚究竟是谁首先扯出命运这个话题的,我已记不清了,但我记得也就是从那次饭局开始,命运这个话题几乎成了我们之间的禁忌。我后来想,之所以成为禁忌,可能是因为那个时候,我们每个人的命运轮廓好像大致都有了某种端倪,不再是青春时光里的那般朦胧迷茫,那般热切骚动。

李二那次请假从深圳回来,主要是因为年迈的父亲住院了。他有两年多没有回家探亲了。李二的父亲早年在井下当矿工时就患上了结核病,中年后身体一直就病恹恹的。他妈是个没有正式工作的家庭主妇,平日里靠给街坊邻居做裁缝挣点收入(当年的报酬是几斤粮票、油票,几尺布票或是几斤米或面粉什么的,几乎很难见到真正的钞票)补贴家用。一家人几乎全靠他妈一个操持着生计。李二还有一个姐姐,高中一毕业就下放插队,回城后在街道一家集体企业里做家具木工活,后来找了个同厂的青工结了婚。等李二大学毕业后,他姐姐、姐夫竟双双成了下岗职工。那个时候,也正是李二一家人生活最为艰难的阶段。而大学毕业后一直在外闯荡的李二好像对此熟视无睹。

那次李二回来,说是要住上几天的,甚至事先提醒过,要安排一下会会一些老同学,再到乡下逛逛,散散心什么的。然而,两天后他居然提着背包来到报社我的临时办公室对我说,他必须走了,促使他走的原因还是老问题:一个将过而立之年的大男人,立业不敢说,家还要不要成?而这个家又何时能成?父母的有生之年是否还有可能亲眼看到孙子？诸如此类。他先是跟父母起了争执，后来又跟姐姐、姐夫吵翻了。躺在医院病床上的老父亲叫他滚，不要见他，给人打工的姐姐、姐夫埋怨他从来就没有尽到孝心，老母亲则泪眼汪汪地要求他一项一项地做出保证……

李二坐在对面的沙发上，双手揪着长长的头发，喟然长叹："每次回来，这些情况我其实都想到了，可我就是忍不住想回来看看，等回来后身陷其中又立马后悔，后悔为什么要回来。这种折磨真的要使人精神崩溃！——唉，怎么说呢，我真想永远忘掉这个该死的地方！……"

李二的话倒使我想起以往飘荡在外的那些年里，我每每回到故里，又何尝不是这番体验呢？陷入亲情的包围之中，那种甜蜜与无奈、责备与关爱，是多么令人欲罢不能而又脱身无计！

好在我终于回来了，一切似乎也终于平静了下来。尽管父母在耳边的唠叨声并未消停，但远不如当年那样密集、强烈和掏心掏肺了。

看到李二那副沮丧而绝望的模样，我把心里想说的那句"你其实牵挂的还是江燕燕吧"咽下了肚子。我不想再刺激他。一个疲惫潦倒之人，将重返他的荆棘之路，我还能忍心点破他的情感伤痛？

我抬腕看表，快午时了，就拉他出了报社，走进街边一家小酒店里。考虑到他下午还要坐长途车，我提议就喝点啤酒吧，但李二坚持要喝白酒。

"来一瓶二锅头就行，要五十度以上的那种。"他说，口气很冲，苍白的脸上挂着阴郁的烦闷。后来，菜还没有上来，他就主动喝上了。

那瓶酒他几乎喝下了一大半,几盘菜也径自扒拉扒拉吃着,一点也不在乎我眼睁睁地看着他。我想他可能早饭都没在家里吃。我心里一阵酸楚。这个把气节和尊严视若生命般的诗人,在我这里,仿佛也愿意向生活低下高傲的头。

我忍不住说:"别在外面硬撑着了,回来吧,这个小城搁得下你这尊佛。"

他停下筷子,镜片后的一双眼睛吃惊地看着我,一直在咀嚼着的嘴唇也停顿下来。

"为什么?我为什么要回来?是因为我失败了?"他直视着我问。

"你看你,一说就激动,谁说你失败了?"我知道他的执拗劲儿又来了,放低了声音,"就是失败了,又怎么啦?承认了失败,就失去了尊严?承认了失败,就不能东山再起?"

"不,不是这样的理解。"他打断道,"你没有注意到,昨天的饭局上,胡子的话里话外,就是要刺激我承认自己的失败,不要再清高,更不要再提什么理想主义的东西。我是懒得跟他争论。如果我承认自己是失败的,那么这失败的标准是什么?就是因为我至今还没有混个一官半职,还没有腰缠万贯,还没有出人头地?"

他连珠炮似的追问,好像那些问题是我带给他的。显然,他回到故里,是不是有一官半职,有没有腰缠万贯,有没有出人头地,是很重要的,或者说,这些都是困扰他但他必须面对的问题。事实上在我看来,这些早就是如今的世道人情的价值判断标准了,他其实没有必要较真这个。他难道不知道那个缪斯女神席卷大地的时代早已一去不复返了,那个因为诗而崇高和圣洁的理想主义时代也早已成为明日黄花了?

我其实有太多他应该回来的理由:比如跟江燕燕结婚算了,老大不小了;比如孝敬在年迈的父母身边,替他们养下孙子;比如找份稳定而安逸的工作,过上平常温馨的日子……可是,看到他那样过激的咄咄逼人的架势,我想,还是算了吧,他什么时候真的听过我的劝呢?这些年里,他不是一直就那么执着地走着他自己选定的路吗?或者说,他一直认为自己所追求的理想并不遥远,可能再坚持一下,咬紧牙关,爬过山坡,就将面临壮阔无垠的大海,他就会畅游其中,直至彼岸,那何尝不是他所坚信的呢?

"回到这里,"李二用手指敲着桌面,泛着几缕血丝的眼睛透过镜片看着我,嘴里喷着酒气说,"回到那甜腻腻的亲情当中,被家长里短、七姑八姨包围着,呼吸着这小城里一派小市民的恶俗气息,天天算计着油盐柴米,仰息着各类官僚的颐指气使,如果要过那样的人生,我宁愿远走天涯也决不回头——永远!"

话被他说到这个分上了,我还能说什么呢?一脸苦笑的我,冲他摆摆手,继续给他斟酒。

酒足饭饱后,李二居然还有重要的事求我——原来他不仅是来跟我打声招呼的,他还要向我借钱——真难以想象,他至今依然经济拮据。

就在小酒店的门口,我问他:"要借多少?"

他望着对面街道,细瘦的手指上夹着缕缕烟雾轻舞的香烟,晃动了几下,似乎欲言又止,接着把香烟送到微微抽搐的嘴里抽着,一边吐着烟雾,一边脸色阴沉地说:"十万八万不算多,一千两千不为少!"这话,也只有他才能如此直接地对我说。

我差点儿叫道:"你想打劫我!"话没说出口,是因为我心里突然感到一种悲凉,为他,也为他刚才在饭桌上说的那些话。我掏出钱包,从皮夹里把大额钞票全抽出来,没数就递给他。他接了钱,也没数,揣进衣兜里,连声谢也没说,挎着脏兮兮的背包就走了,走进街头的人流中。

我站在小酒店的门口一直望着他,那个即将在人流中消失的背影。这些年在我眼里,这个背影好像一直在缩小着,也变得越来越单薄了,但他行走的姿态依旧气宇轩昂,依旧有那么一种壮士出征的意味,一如他当年的意气风发和青春洋溢。

顺便说一下,这不是李二第一次向我借钱了。在发小圈子里面,这个一直骄傲而倔强的李二,是唯一只肯向我借钱的,至于其他人,打死他也不借,比如陶冶、胡子,包括他一直追求的江燕燕,甚至是如今慷慨大方的三柱。这里面究竟是什么原因,李二至今也没有说,我也搞不懂。而且他借我的钱是一定要还的,只是时间长短而已——当有一天我接到一张汇款单时,就会发现那上面连利息都算上了。

事实上,他找我借钱,相当于告诉了我,他眼下依然混得不好,境况不妙。

第三章

"世界那么大,我想去看看!"这话现在很流行,其实二十多年前,我们就这么干了。那个时候,大学毕业,风华正茂,我们对将要分配回内地工作近乎有一种本能的抵触。那个时候,说到理想,那一定是在远方,甚至必须是在远方,因此就必须去远方——仿佛远方不仅有诗,有美酒,还有佳人,当然,还有辉煌的事业。

那个时代其实就像是一场熊熊大火啊,我们几乎都愿意奋不顾身地扑进其中,只渴望在烈火中涅槃重生。

尚未毕业,我们就摩拳擦掌,跃跃欲试了。

寒暑假回到故里一见面,不论是在家里聚会还是在夜排档或小酒馆里,话题都是沿海特区,都是有关逐梦疆场、即将收获成功的憧憬和雄心。那样的日子真是激动人心啊,青春的梦想里,我们几乎无所不能,仿佛问题只是我们敢不敢去选择,敢不敢去试一试、闯一闯、拼一拼。

我记得,陶冶从一开始就不为所动,而且态度明确:"我没有什么远方,只有当下,说白了,去哪儿对我来说都是一个样儿。"

他一板一眼的,显然这事他是认真考虑过的。他是打小就这般老成,长大了,更显现出一种不动声色的持重。我们尽可能把远方描绘得天花乱坠,但在陶冶眼里,那只是我们的远方,而不是他的。他显得头脑异常冷静而沉着,与当时我们的激情昂扬、理想梦幻形成鲜明反差。

"到任何地方,我认为,脚踏实地的意义都是一样的,就是说,还是要靠努力工作,靠真才实学。如果说去沿海特区是为了淘金,是为了占得某种先机,那就另当别论了。"

他的这通话,相当于给当时的我们发热的头脑泼了一桶凉水。

也就是从那个时候起,我明显地感觉到,陶冶今后人生的选择将不会与我们的选择重叠,或者说,当年中学时代文学沙龙里的那些诗歌梦想、作家理想正在从他的身上逐渐褪色。就当时的情形看,至少他的人生路径不会与我和李二那样将要选择远离家乡、奔赴沿海的人生路径一致。

三柱是我们一圈人里唯一没有读大学的,他的想法很简单:

"你们去沿海特区安顿下来,如果需要我这样的人手,就招呼我一声,我去给你们打下手是没有问题的。"他那样说,好像只是表个态而已。

那个时候各类报纸、杂志里一片红火醒目的招聘启事中,学历已经是硬杠杠、铁条件。我能够感觉到,那个时候三柱的心境其实是悲苦而无奈的。为三柱设身处地地想一想,他也只能那么说。当然在当时,我们谁也不会预见到,这个看似听天由命的家伙,其实一旦拿定主意也是义无反顾的,只是命运还没有把他逼到那个境地。

胡子是在我们一再追问下才表明态度的,但很勉强,语调也有些阴阳怪气:

"你们先去打前阵吧——我这人一向打头阵不行,也就是没有开拓精神,'敢想'上还马马虎虎吧,但在'敢闯'上就差远了。如果你们打下了头阵,有了一片新天地,又需要我这样的人来帮衬,就像三柱说的,我立马就会赶到!"

好像李二和我就是打前锋的先头部队,有了地盘和财富,他便可以来坐享其成。胡子这家伙自小就鬼精机灵,记得从小学到中学,凡是我们凑钱要买吃买喝的,只要让他经手就一定会打折扣。比如按人头叫他去买糖果,那里面一定有颗糖果是被他悄悄咬去了一半的,而那个依旧包裹在糖纸里的半块糖果总是会被塞进无辜的三柱的手里。就为这事,他得了便宜也还会振振有词,说那是犒劳他的"跑腿费"。看得出,胡子这家伙没信心跟我们一块儿去闯荡,或者说,就是闯荡也未必愿意跟着李二和我一块儿干。他后来说,那个时候他一点精神准备也没有,也觉得自身并没有什么过人的优势。其实,他是还没有看到自己的财富究竟在哪里。

江燕燕不表任何态。她依然像个骄傲的公主,微微仰着头,似乎她头脑里的主意一直飘浮在天花板上——我们每每说到未来可能的精彩时,她只是傻笑几声,像是在听有趣而又可笑的故事——李二的心思当然是希望她能义无反顾地跟他一块儿走,就像浪漫的私奔。然而她表现得既平静又冷漠,甚至有些无动于衷。后来我才知道,其实江燕燕的内心对我们这种没完没了的热议、讨论早已厌恶,她是巴不得李二早点奔出大学校门去闯荡天涯,在远方闯出一片荣耀的人生来。

有一次江燕燕突然打断大家,煞有介事地问道:"诸位,我们讨论得够多的了,有意思吗?我觉得我们不妨回忆一下读过的屠格涅夫的《罗亭》吧。当然,那是个十九世纪俄罗斯没落的贵族青年,他的理想、抱负、追求,还有他的命运……记得我们在一起聊过的,关于罗亭那个人物还说过什么来着?"

她故意装作懵懂的样子,用一双清澈的眼睛扫视着大家,嘴角含着潜藏的讥讽。

胡子马上接了话茬:"语言的巨人,行动的侏儒。"

我看到李二当场就赤红了脸,甚至细长的颈脖也红遍了,他一下子就变得沉默了。

那天晚上,我们在李二的房间里散了后,他留下了我,说是想一块儿出去走走。我知道,当时只有我是李二的坚定支持者,而且在观点和想法上也基本一致。家乡的小城仿佛已经罩不住我们的光芒,逃离这里,奔赴更广大而陌生的,哪怕是险恶莫测的世界,才是我们的归宿所在。

那天夜里,我们在小城的几条街道上来回走了好几趟。月光下的街面上冷清清的,路灯光也昏暗惨淡,几乎没有行人的踪影,只有简陋的公交车站台那里有人影晃动。后来下夜班的班车到了,才出现一阵骚动,但很快周围又是一片静寂,就像这个小城从此将成为一座阒无一人的孤城。

我俩都谈了什么,已经记不太清了,但回忆起来,李二还是说出了他的心情和想法。他觉得江燕燕先前把"罗亭"拿出来暗讽他,是一件令人羞耻的事。当然,胡子幸灾乐祸地参与,也让他觉得有些不堪。他那个时候正在疯狂地阅读尼采和叔本华的作品,特别是尼采令他着迷。"是该结束这种无聊的讨论了!"他说,"这样下去会消磨意志,甚至前功尽弃。我们需要行动,需要用意志支配行动了。无论前途如何荆棘丛生,我们都将勇往直前!来吧,兄弟!"他激动地一把抱住我,声音颤抖地说,"让我们共同行动吧!"

从那以后,我们这个发小圈子就再也没有聚在一起讨论什么未来的择业和去向问题了。在私下里,只有我跟李二在积极做着准备。

事实上,真正说到做到的第一人就是李二。

李二主动放弃了跟陶冶一同被分配回小城市政府机关工作的机会(他俩同校不同系,一个学中文,一个学经济),他是当年最早一批奔赴热火朝天的海南特区的淘金者之一。他在那个仿佛一夜之间到处都变成大干快上的施工现场的岛上漂泊了一年,先后当过施工管理员、办公室主管、人事部助理,长则两三个月,短则二十天左右。

翌年,我大学一毕业就紧跟其后(我被分配去一个县城文管所从事文秘工作）。之前,李二给我写信,说是一家民营企业报纸招聘编辑记者,他帮我把应聘材料投寄过去。他觉得我们一同从事报纸编辑工作会比较有前途。当年,那也正是热衷于就业新闻媒体的火热年代。

后来才知道,应聘者居然就我们俩,据说应聘者的条件要求就是中文系本科生,也就我俩正好满足。

老板是个胖子,小学文化,早期是在俄罗斯那边做皮草生意发家的,后来转移来海南开公司做贸易。在海口一间宽大敞亮、可以远眺大海的总裁办公室里,胖老板斜靠在转动的棕色皮椅上,眼皮耷拉着说:"你们俩谁能给我负责报纸啊?"

我当场就推荐了李二。李二那个时候已经在不少知名报刊上发表过诗歌,他还一度在大学校园里被誉为"未来中国的大诗人"。我当时就注意到,我和李二各自装在那两只牛皮纸文件袋里的应聘材料就摆在老板的案头角上,封口还是原封的。

胖老板满意地笑了笑,又上下打量了一番我和李二,然后一挥手,说:"行啦,干活去吧。"

我原以为入职前的材料审核、能力水平考核,还有面试之类,统统没有发生。那一刻的感觉,就像是自己刚刚从大街马路边上随便被人拉到这里来,老板一眼看中了,也就万事大吉了。

第四章

那个时候的海南特区,来自天南地北的年轻人,在大街上、小巷里、各式各样的招聘会场、地下室招待所、小酒店、洗发廊、街头大排档、路边打字间,几乎都可以遇见——那些行色匆匆、衣衫褴褛的身影,个个脸上疲惫困乏,甚至迷茫无措,透过一双双依旧稚嫩、充满焦虑和困惑的眼睛,你可以想见那一个个尚未规划好的财富梦、爱情梦、未来梦,在怎样折磨着他们年轻的心。

那个时候,不论白天黑夜,街头巷尾总是能听到《跟着感觉走》中的"抓住梦的手"和《潇洒走一回》中的"我拿青春赌明天"……

现在想一想,那不就是我们所要的迷幻而又现实的世界吗?那不就是既可以看到湛蓝美妙的大海却又饱尝着脚下生存艰辛的追梦境界吗?而当时的《跟着感觉走》和《潇洒走一回》这两首经典老歌正是匹配了那样的岁月,应景了可以对应的所有心境与感触。

拿到第一个月薪水,我和李二就在海口骑楼老街的小摊上喝醉了。也不知是高兴还是悲伤,但彼此眼神里都透着一种难以言表的深重的迷茫。谁也不敢说这就是我们所寻找的理想生活,却又掩饰着不甘沉沦的雄心,还有深藏的羞于启齿的虚荣心。那个时候,我们好像都觉得坚持着挺过这艰难的一段，人生就将大放光明，前途也会随之一片锦绣，但从眼下的情形看，似乎信心正一点一点地减少，或者说，一点一点地被冷酷的现实消磨掉。

一瓶白酒过半后，李二的目光变得有些木然而呆滞，弥漫着一种不可言状的失落。

老街上人来人往，灯光斑驳，不时有人吵闹甚至打起架来。

"他妈的！"李二突然骂道，紧紧握着酒杯在桌上狠狠地拍了一下，把小桌震得一摇晃，原先呆滞的目光也闪出一道凶狠发作的光泽，"真不知道，这里究竟是天堂还是地狱，反正它不是那个我曾经想象和向往的地方……"

我知道最近李二跟老板发生了冲突，原因是老板认为版面编排太俗气，根本原因还是李二认为老板的那些狗屁讲话（他每次给那种文章润色就觉得有种"逼着吃苍蝇般的耻辱"），根本就用不着登报昭示公众。老板已经提醒了他"要懂规矩"，特别是要他明白"在这里，是谁说了算"！

现在想来，李二当时心里想说的，一定是眼下流行的那句"理想很丰满，现实很骨感"吧。在当时，我想他那颗骄傲而矜持的心灵一定是受到了伤害，否则，他几乎从来没有说过那种粗野而放肆的言语。

夜深了，月光和灯光把街头照得如同白昼。人越来越多，我们的桌边站着人在等待空座位。我觉得再这样喝下去可能会引起麻烦——李二显然喝多了，嘴里仍在骂骂咧咧的，粗言恶语，仿佛在挑衅着所有的人。我看到周围桌上有人在侧目而视,临近的一桌有几个脖颈上挂着闪光的金链子、臂膀上文着飞龙的家伙甚至已经手握啤酒瓶,一副随时要扑过来施暴的样子。我赶紧起身去买单,回来时,李二已经趴在酒桌上了,我立即搀扶起他走出了这个危险的排档群区,沿着小巷往出租屋走去。一路上,他浑身软弱无力,不断地停下来呕吐,我的衣衫全弄脏了。

那是一张简报版式的周报,一、二版是老板的讲话、会见、宴请酒会之类,三、四版则是公司的规章制度和举办的商贸活动,难得给个版面刊登文艺作品。这一点让李二内心尤其郁闷。不到半年时间,我跟李二都明白了,那只是混个饭碗的工作而已,根本谈不上任何事业前途。

在海南的那些日子里,李二多次对我直言不讳地说起过他对江燕燕的迷恋。他一向坦诚,至少在我面前从不掩饰什么。这一点也是我最看重他的地方。他曾说:"等我将来名利双收了,就一定要俘获江燕燕的芳心!"话说得挺狠,像赌咒似的。我一直相信,至少在那之前,李二都充分评估过江燕燕那隐藏极深的虚荣心——作为恋人,李二似乎知道自己必须足够优秀和出众才能俘获江燕燕的芳心。

我俩也并不总是形影不离地在一起,也有过冲突和腻烦的时候。在那些无聊乏味的日子里,夜晚时分,我也时常独自溜到街上喝点小酒,或钻进歌厅里吼几嗓子、搂个小姐跳舞,或找个街边女孩在夜间大排档上喝个烂醉。不是不邀请李二,而是他更愿意把自己关在出租房里通宵达旦地写诗。他信誓旦旦地告诉我,他已经在整理他的第一部诗集了。一天深夜,我回到狭小潮湿的出租房里,里面烟雾弥漫,台灯下的李二慢慢扭过腰身来面向我,用一种怪异的目光看着我。

"跟我说实话,阿贵,你是不是去找小姐了?"

他那种斥责的语气当场就令我不快,好像我跟他约定过出去不能找小姐似的。

"是啊,去找小姐了。"我说,用了一种轻佻的口吻,并且舞蹈似的挥了挥手,"唱唱歌、跳跳舞啊,否则,这一天混下来,那过剩的荷尔蒙怎么打发?再说,我也没有诗情的灵感,这漫漫长夜又如何打发呢?"

"我问你,是不是跟小姐玩了?"

那个"玩"字的意味我很清楚,这在当时的境况里并不神秘,若想体验一下,出了门几乎就可以进行实际操作——那年头除了歌厅、酒吧、洗浴中心之外,街头愿意"玩"的那种姑娘几乎随处可见。

我嗯了一声,就一头倒在靠门旁边的我的那张床铺上,准备睡了。以往我会跟他再聊上一会儿,或者看看他写的诗,发表一下评论,或者说一说今晚街上都有什么好风景、好故事。可是那会儿浑身酒气的我觉得四肢乏力,疲惫不堪,再加上他的满脸愠色及其斥责的问话,我想,还是早点息事宁人的好。

李二走了过来,瘦长的身影映在墙壁上,掩盖了床上的我。

"我问你,是不是那种'玩'?"他的语气里透着更加不满的恼怒。

我立即没有好气地回答道:"就是那种'玩'了又怎么样?"我闭上眼睛,背过身去。

"那我就要郑重告诉你,阿贵,你这是在放纵自己!你要是真的那样'玩'了,就是堕落,是自甘堕落!你最好还是悬崖勒马吧,这样下去,你会不能自拔的——到那时,可别怪我当初没有提醒你。"

我不搭理他,听任他说下去。我当然理解他这是对我的关心呵护,在以往的岁月里他都是这么做的。然而,在当时那样的境地里,苦闷彷徨,无聊失望,有什么可以聊以自慰呢?就是放纵一下,又犯得着扯上什么堕落不堕落?我那一刻内心的怒火也在积压着呢。

可是他不依不饶地说开了:"你这样做,是不打算寻找你自己的爱情了?你跟那些没有品位和操守的女人都能上床,你不觉得自己可耻,甚至下流吗?"

我倏地一下子从床上坐起来,突然觉得忍无可忍了:"李二,你少跟我这样说教!不要说我没有那么'玩'过,就是'玩'过了,也绝不是你说的那样自甘堕落!更扯不上什么无耻、下流!——你过分了!"

我看到他后退一步,在屋内昏暗的灯光下,脸色变得阴沉,神情也有些呆滞,好像突然被下了什么魔咒。我继续说:"你守身如玉,是因为你心里有一个江燕燕,我没说错吧?你是要对你们的纯洁爱情信守忠贞吧?可是你该不会忘记,你上大学那会儿,也带过一个北京女孩回到家乡招摇过市的,那叫什么?叫爱情练习?可是你心里装着的是江燕燕,你这样做是不是也叫'玩'啊,是不是也比较可耻啊?……"

李二没再吱声了,转回身,慢慢地回到之前台灯下坐定,背对着我一动不动,僵硬着,那个瘦长的黑影就映在我这边的墙壁上,一点声息也没有了。后来,我听见他重重地叹息了一声,好像还嘀咕着骂了句什么,接着突然关了灯,动作迅速地上床睡了。

李二从中学时代起就追江燕燕了,追得辛苦而用心。在我的记忆里,江燕燕很小的时候就学会了装糊涂,是那种享受着众人追捧的装拙,甚至故意表现得有点弱智的模样,反倒让她显得更加可爱。上了大学后的李二对我说过一个秘密:江燕燕从来也没有答应过单独跟他约会,一次也没有!而整个中学时代,李二给她写下的情诗足以装订成册——这是后来才公开的秘密。谁都知道,那个时候暗恋江燕燕的男生多矣,包括我、陶冶、三柱,特别是胡子,用李二的话说就是:"那个时候谁都可能是情敌,竞争对手多矣!"李二想跟江燕燕见面,也只有在我们大家聚会时,而那种场合,李二只能眼巴巴地看着他的女神坐在我们中间却并不为他所拥有。江燕燕漂亮,活泼,仪态万千,一颦一笑,引人注目。而李二,眼神伤感失落,仿佛恨不得要把心肝掏出来给她看。整个中学时代,李二和江燕燕之间的恋情就那么吊着,半真半假,似是而非,云里雾里的,好像只是表面上有那么一层意思而已。

令人大跌眼镜的是,上了大学后的江燕燕居然移情别恋了,对象是她同系的一个文艺男青年——那个时候,该文艺男青年尽管没有什么作品发表(江燕燕和李二不在同一所大学,而那时的李二已频频有诗歌见诸报端,大学校报上公然宣称他为"未来中国的大诗人"),但一表人才,风流倜傥。江燕燕大三那年假期把他带回故里风光过一回。该青年是南方人,身材高大,白面清秀,还有一头自然卷曲的飘逸长发,目光忧郁,微笑迷人。那次暑假大家一见上面,李二的脸色立马由红变白,然后就悄无声息地躲开了,好像只是远远地看过那个情敌一眼就再也没有露过面,推托是生病了。我当时想,江燕燕这招又狠又毒,仿佛她这样做就是要断了李二(当然也包括我们当中的任何人)对她的非分之想。我们不禁长吁短叹,看来,中学时代的那种恋情可能也就是小孩子过家家,闹着玩的。

当然,好戏还在后头。江燕燕这一幕刚刚收了场,李二要演的一幕就跟着上演了。到了大四那年,李二身边居然也有了女伴,或者说是一个文艺女青年,也是写诗的,眉清目秀,玲珑可人,就像排练好了似的在暑假里伴随李二回到了故里。那次聚会当然是李二做东,江燕燕也在(她没带那个英俊的文艺男青年回来,好像就知道会有这一幕在等待着她)。跟李二比较起来,江燕燕才不推托生病了呢,她要坚定而沉稳得多;她根本就不会拒绝见面,而且只要邀请到了她,她都勇敢地出场面对。那女孩儿就杵在李二身边依着,话不多,文静安详,但李二总是有话题撩拨她说话,她还是一口清脆甜美的京片子,李二有时候还故意跟她打情骂俏一下。而对面坐着的就是一脸不屑的江燕燕,两人的表演让江燕燕那张漂亮的脸蛋白一阵红一阵,有时候也不得不以窘迫的微笑来应付着,有时候她也不愿把目光直视过去,特别是向李二身边的那位看过去……其实,那个时候我就看出来了,这种你来我往上演的假情侣戏,其实是李二和江燕燕的情爱斗法,用后来流行的话说就是"玩的就是心跳"!

那次跟李二起了争执后的第二天,他请我吃了饭,喝了酒,他对昨夜里对我的指责表示抱歉。他跟我说起当年的那一段往事。看得出,他内心并不情愿说,只是昨夜被我意外地揭发了出来。那是个学妹,文学禀赋很高,善良真诚,也的确追过李二。李二邀请她去他的老家玩玩,在当时她并不知情李二是要刺激报复一下江燕燕,好让江燕燕别自视过高,而对李二来说,他是需要找一个心理平衡。那个时候,年轻的虚荣心几乎都是膨胀的。

"那是我年轻时干过的一件蠢事!"李二说,满脸羞赧的样子,"我对不起我的学妹,也一直没有胆量告诉她真相,尽管我们早已分手,可是每每想到自己过去的行为,我都有一种羞耻之感!"他目光诚恳地望着我,态度谦卑地对我说,"你说得对,我的确比较无耻,或者说,那样无耻过。"

李二告诉我,他不知道江燕燕与她的那个大学男友是否发生了性关系,但他与那个学妹发生了,而且不止一次,在大学宿舍里、小城旅店里,甚至小城郊外的山沟沟里。他说:"自从我默默地爱上了江燕燕之后,我就一直觉着我的第一次(童贞)应该是属于江燕燕的,而且坚信自己是能够做到的,是可以信守对自己的承诺的。然而,在那个阶段,也真是鬼使神差,你几乎无法知道命运在下一个十字路口埋伏了怎样的剧情与人物，特别是到了情急之下，你就会乱了方寸，一切也就陡然发生了转变，而且转变得完全与初衷相违背……"

也就是半年后，我去了珠海，李二去了深圳，我们从此就分开了，再也没有在一起共过事。我后来想过，我们的分开，从表面上看，好像是当时的情势与环境所迫，各自为了谋得更好的将来才做出的选择，其实更多的可能还是出于保护彼此的友谊——我们彼此太了解对方的个性、脾气和品位，长此相处下去，一旦积怨就极易发生伤害，因此分开来可能才是最明智的选择。

李二应聘的还是一家企业报社，也还是内刊，只是薪水比过去高了很多，而且副刊可以刊发文艺作品。而我则干起了推销员，推销一种家用电子秤，薪水是根据销售量来提成的。那个时候我已经能够真切地感受到谋生对我来说意识着什么，理想依然崇高，但似乎与我渐行渐远。

离开海南前，我俩进行了一次告别式的环岛游，几乎花光了所有积蓄。在三亚亚龙湾的那个夜晚，我俩喝得酩酊大醉。

那是一个月光如水的夜晚，海风吹拂着椰林飒飒声一片，大海在银光闪烁中起伏呼吸。我们躺在沙滩上，像死去了一样。不知过了多久，等我醒来时，淡紫色的夜空繁星高悬，洁净无比，除了由远及近的海潮啸声，周围一片寂静。我扭头一看，李二早已坐起来，双手抱着屈膝的双腿，脑袋顶在膝盖上，海风吹扬起他的长发，他的眼镜片上闪着银光,凝视着前方一浪推着一浪涌来的潮汐。我随即坐了起来,这才看见他那张铁青色的脸上挂着亮晶晶的泪珠。我把手臂搭上他消瘦的肩膀,想拉他回宾馆休息——我看了表,已是凌晨三点多钟了。他先前在海滩上就呕吐过。但他此刻没有动,保持着那副僵木了的凝视状。我只得在他身边坐下来。应该说,那一刻他的心境我是理解的:这几天里,这一路上,我们疯狂地喝酒,麻木自己,也尽兴地疯玩,其实回避的就是对未来的困惑,甚至是恐惧。

就在那天夜晚,他对我说,默默地但声音无比清晰:

"我可能永远也回不去了,我是说——我的心,它快要死了,它甚至已经死了!这颗快要死的,甚至已经死了的心是要重生的,重生一颗崭新的心,它一定比先前的那颗心更坚强,也更坚定!"

我看见,两颗晶亮的泪珠滚下他的脸颊。

那个时候,李二的父亲已经因病去世了,他甚至没有回去奔丧,因此他觉得自己是个不孝之子。更重要的是,对他来说,事业前途依然处在云里雾里一般。

第五章

胡子大学毕业后,被分配去一家远在深山里的国有大企业当文书。他有一个姨夫在市教育局当科长,胡子就找他的关系改变了分配去向,最后回到我们小城一所中学当教师。胡子那个时候就知道人脉资源极其重要。

"这年头,啥事都要讲关系的,没有路子,没有人脉,你可能就事倍功半,反之,就是事半功倍!"胡子十分感慨地跟我说到毕业前夕,他的那些有关系背景的同学纷纷去了大机关,去了海关、税务、工商等"优势岗位""油水部门"。他对此愤愤不平又无可奈何。他直言不讳地对我说过,这个岗位他顶多也就干个一年半载。显然,这仍然不是他理想的职业,而一年半载之后他要干什么却没说。

胡子就是从那个时候起给了我一种他始终处在躁动不安的状态中的感觉。他对这个社会似乎充满怀疑,内心里又充满各种欲望,而终极意义上究竟是一种什么样的欲望,他好像始终也没有分辨出来。

中学时代,胡子也是我们文学沙龙的积极参与者。在李二的策划下,我们常常在沙龙里一起论及海子、骆一禾、北岛、顾城、舒婷,还有拜伦、歌德、里尔克、聂鲁达……他像我们一样表现得热忱、虔诚和无比兴奋。对于有些经典诗作,他会主动抄写一遍又一遍,然后分发给大家,并当众热情洋溢地朗诵。就我的回忆,不敢说当年他的朗诵多么声情并茂,但至少也算是抑扬顿挫、有板有眼……后来,我渐渐觉得他变得心不在焉了,至少我从他那双眼睛里就不曾再见过像从李二眼睛里闪烁出来的那种清澈明净的光芒,那光芒在崇高的诗情激励下,显得神圣而庄严。

最让我诧异的是,大学毕业后的胡子居然爱喝一口了,而且一喝就高,说话好冲动,爱抬杠。他经常会因某个话题(往往是文学方面的)跟李二就杠上了,而且争辩得面红耳赤。我那时就很怀疑胡子之所以爱跟李二抬杠,甚至不惜发生激烈的争执,可能还是因为他内心里始终把李二当作情敌而吃醋——我知道胡子内心对江燕燕是有着某种不为人知的爱慕的。

大学末期有一年春节同学聚会,胡子借着酒兴疯癫癫地朗诵道:"从明天起(啊)做个幸福的人(呀)/劈柴(啊)(还要)喂马(还要)周游世界(去)/从明天起(啊)关心粮食和蔬菜(哟)……"音调尖酸,表情也怪模怪样,像是在发泄某种恶劣的情绪,又像是在成心跟李二捣乱。因为李二刚刚朗诵了一首海子的《询问》:"在青麦地上跑着/雪和太阳的光芒/诗人,你无力偿还/麦地和光芒的情义/一种愿望/一种善良/你无力偿还/你无力偿还/一颗放射光芒的星辰/在你头顶寂寞燃烧。"声情并茂,营造出的那种神圣而庄重的氛围令人感动,不承想胡子接着就来了这么恶作剧的一幕。江燕燕哈哈笑起来。李二当即就羞红着脸,悄声对我说:"这家伙是在亵渎诗!"陶冶僵坐着不说话,最后也只得摇头笑了。三柱看出了气氛不对劲,马上垂下脑袋只顾吃喝,装作没事人的样子——他一向不参与我们之间的争执。李二后来还是忍不住指责了胡子几句,但胡子辩解道:"艺术就是让人欣赏和享受的嘛,没有那么神秘和神圣。换个角度和方式来诠释,又何妨呢?只要能娱乐就好。我们在一起不就是图个娱乐吗?"

胡子是真的变化了,变得既愤世嫉俗又怪诞不羁,以往诗歌世界里的那一切,在他眼里仿佛已变得幼稚可笑,至少是不再符合他现在的价值判断和审美了。

胡子所在的那座中学位于小城的东边,距离市区有一段路程。他不愿天天挤公交车去,就向学校申请集体宿舍。那时候大学生还是稀缺资源,学校特意给他分配了一间屋子,就挨在山脚下,是学校过去种植园的工具房改造的单间宿舍。事实上胡子要这样一个单间宿舍是有意图的。那个时候,课外补习已是公开的秘密。每当夜幕降临,就有学生的身影沿着校园操场跑道外的后门一条幽深的小径往这间山林小屋走来。胡子带高三毕业班,总有他喜爱的学生被他指定来进行专门辅导。

那一年的初秋,胡子突然跑到珠海来找我,事前跟我没有任何联系,我的意思是打个电话或写封信(那个时候还无法想象如今的手机短信、微信什么的)。我临时租用的屋子又狭窄又破旧,里面除了一张床,还堆放着尚未推销出去的家用电子秤。面对老友从天而降,看到我这个当年和李二都声称要当大诗人、大作家的热血青年竟如此落魄,委身于一堆乱七八糟、模样怪异的电子秤当中,我觉得寒碜透了。胡子倒是一点不在乎,黑着脸哼哼了两声,说"你也总算还有个窝嘛",仿佛我住在这种地方和我现在的境况都是他事先预料到的。

他坐了两天一夜的火车,面容憔悴,衣衫不整,浑身邋里邋遢。他一进屋就在床上躺下,双肘枕在脑后,呆望着天花板,唉声叹气,左翻右侧,后来,又是展臂又是伸腿,像被抽筋了似的。我一时愣住了,不知道他这是练的哪门子功夫,不过我隐约看出来,他一定是遇到了麻烦事。果然,他一开口就吓得我一跳:

"他妈的,老子要去坐牢了!老子把女学生肚子搞大了!"

他千里迢迢来找我,是来找我借钱的。那是二十世纪八十年代末期,想想前期的"严打",胡子觉得可能不仅判个十年八年,甚至还要杀头呢。他显然吓坏了。现在的情况是:女方家提出要赔偿一万元(那年头,当个"万元户"就是社会上的有钱人),事情还没有张扬出去,毕竟胡子的专门辅导还是有成效的,那个女学生就是当年全校考取本科的五个学生之一。

我说:"你干脆答应将来娶了她,岂不一了百了?"

"还娶啊?!她哥哥拿着刀找到我,不是她和她妈拼命拦着,那小子当场就捅了我!"

女学生的流产手术到现在还没做,就等一万元赔偿到账,限期十天之内。胡子说,他第一个想到的就是我,就赶来了,算一算,已过去三天了。想想这个时刻他只想到我能帮助他,我还能说什么呢?我把这一年多来节衣缩食攒下的五千块钱活期存折连同密码全给了他,愁眉苦脸的胡子这才绽出苦涩的笑意,一对黑圈厚重的眼眶也泛红了。

"阿贵,你这是救我于生死之间啊!"胡子握紧我的手,好像要生离死别一般。

我问他:"要不要把李二从深圳约过来喝一顿?"那个时候我跟在

深圳的李二也已好久没有见面了，我想正好借着胡子到来这个由头约他过来聚一下。

胡子连忙摇头，并要我替他保密，说这事讲出去太丢人。看得出，胡子一点也不想跟李二见面，更不愿意让李二知道这件丑事。胡子嘀咕道："跟他见面，那就免不了又要扯上诗呀、艺术呀、道德呀、境界呀什么的，我可早就烦透他这些了！"从态度上看，胡子那时表现得不仅要向文学和诗歌艺术诀别，似乎也是要跟李二划清界限。

胡子连夜就乘火车赶回去了。半个月后，我收到他的来信，说事情终于摆平了，现在是学校假期，他要重新找单位，学校是混不下去了。

我当然不会想到，在以后的几年中，陶冶、三柱，甚至江燕燕见到我的面，都曾悄声跟我咬耳："你知道吗，胡子那年离开中学是因为他把学校里的一个校花睡了，是校方勒令他离开的，这家伙后来自己把事情摆平了。"我装着一无所知，问如何摆平的。"胡子找人借了一万块钱才摆平的，那女孩家人就贪那点钱！"我故意问："胡子找谁借的钱？"他们都说不知道了。

后来我才了解到，除了对李二保密外，泄露消息的就是胡子本人。看来他只是想炫耀一下他有过那段艳史，却一句未提那钱是他千里迢迢赶到当时在珠海辛苦打工的我那里借了其中的一半。

那个钱，他至今未还，好像早就忘了。

第六章

胡子找我借钱那年初秋，三柱就结婚了，老婆是他同厂的一名女工，名叫范春花。他给我寄来一个包裹，里面有两包中华香烟、一袋精美的大白兔奶糖和一封信。信上说，他们的婚礼是在职工食堂里办的，搞了二十桌，热闹非凡，他自己当晚就喝得烂醉如泥，连闹洞房的节目都免了，就在沙发上吐了一夜，为此洞房里的媳妇范春花委屈得哭到后半夜。

三柱是顶他爸的职去机械厂当工人的。那年高考我落了榜（在我的记忆里，三柱好像根本就没有参加高考），高中毕业后我们分别送陶冶、胡子、李二和江燕燕去读大学，我那时自卑透了，临别时话都说不好，心里既失落又焦虑，对于他们的满面春风，真是羡慕嫉妒恨。三柱倒像没事人似的，一声声地祝愿他们学业顺利，大学里好好疯一疯，仿佛他们上大学，甚至去大学里疯一疯，是天经地义的事，而他自己上不了大学，也是天经地义的事。

把他们送走后，三柱请我吃了一顿饭，就在老街上一家小酒店里，喝了许多酒。他安慰我："复习一年嘛，时间快得很，转眼就到明年，大学又跑不掉。"他对于我能考上大学这件事根本就不怀疑，他认为我的落榜只是没有发挥好。我问他:"你今后打算干什么?"他嘿嘿一笑,好像这是秘密。"老爸明年就要退休了,他老人家一退休我就可以顶职当工人了啊。"他浓黑的眉梢扬起来,把酒杯举到我面前,腼腆地说,"我没有什么远大理想,就希望有个铁饭碗,娶个老婆,再养个娃儿,老婆孩子热炕头嘛,这辈子就够了!"他喝干了酒,又嘿嘿一笑,神情变得既羞怯又有些自得,仿佛那幸福就在眼前。

我说:"这些年里你跟我们混在一起,又是抄诗又是印诗的(我记得中学我们自发油印的那些诗刊,几乎都是三柱拿到校外印刷厂里弄出来的,不仅求过人,还自掏腰包贴过钱),原来你根本就没想法啊?"

三柱拿起店家装酒的酒壶往空杯子里倒满酒(打的散装酒),小眼睛怔怔地望着我,他那张憨厚而光滑的圆脸上露出窘态的笑:"那不就是附庸风雅嘛!你们那么喜爱诗歌,天天聊着谁是大诗人的,我不跟着喜爱、参与,你们还带我玩吗?再说,我也确实打心里喜爱那些诗,就是不太懂,你也知道,那些东西,我自己是弄不来的。"

其实当年的三柱,不仅仅是热情于我们的文学沙龙,他还勇敢和仗义。我们这个发小圈子,但凡与别的同学或小团体发生了冲突,特别是高中以后由于江燕燕的缘故,总是有其他班的一些爱出风头和爱打架的男生伙同一帮小兄弟来滋事挑衅,不论是在学校里或是上学、放学的路上,还是在其他场合,三柱都会冲在最前面,就是真的开打起来,他也从来没有表现过胆怯、懦弱和后退,而是一往无前地挥拳而上,那个时候的三柱真是又猛又狠又凶,一张胖墩墩的圆脸看上去俨然一派杀气腾腾的样子。有一次在放学的路上,我们跟一个暗恋江燕燕已久的毕业班男生领着的一帮小混混打起架来,他们人多势众,眼看着我们就要被打得落荒而逃,关键时刻,三柱抽身跑出来,迅速将书包里的书本全部倒空,从路边捡起几块石头装进去,把书包口扎成死结,将包带缠绕在手腕上,然后挥舞起来,又冲进一片混战当中,不多时,就将对方打得四散逃奔——每每遇到这种场面,江燕燕早就躲得远远的了(事实上,我也时常会开溜,我害怕那种场合,特别是流血的场面)。我还记得,后来我们的文学沙龙到了夜晚从李二的小房间里散场后,江燕燕就公开说过:"有三柱护着,本小姐就安然无恙。"其实那个时候,真正想送江燕燕回家的是胡子,因为他们两家是邻居,理应相伴而归,但江燕燕就是不愿意与他相伴,当然也包括李二,他也是想送她的,但最后江燕燕总是选择三柱送她,而三柱也是乐得屁颠屁颠的。有一阵子,我一度困惑于三柱那样憨厚忠诚的外表下,居然还藏有一颗坚强而勇敢无畏的心。

小酒店里灯光昏暗,有客人在划拳行令,像吵起架似的。后面厨房里一股股炝炒热辣的油烟气味飘过来。三柱突然沉默了,脸色渐渐阴沉,他用筷子翻弄着碟子里的雪菜大肠,半天才往嘴里塞一块,接着又那么翻弄着。

他说:"其实上高中时我才明白过来,我的成绩,是赶不上你们的!我与你们,迟早是两条道上跑的车,这辈子……"他的眼眶有些红了。

三柱的话让我的心里难过了好长一阵子。我回忆起自从文学沙龙成立后，他一直如影相随，却从来不参与我们之间的争议和是非评说。那时候在我们的圈子里，谁都可以给他交办差事，支使他去做事，而三柱仿佛也乐在其中，几乎从不抱怨什么。他好像从一开始就把自己摆在小弟弟的角色上（按月份算，他还是我哥呢），也从不跟我们争什么短长，一想到我们都要远走他乡，而丢下的竟然是我们大家共同喜爱的三柱，好像任由他在小城里自生自灭似的，我不禁伤感不已。

那个时候我以为，三柱这辈子就将按部就班，听天由命了。他会安静地过上那种庸常平凡的生活，辛劳而忙碌，平庸而安逸，直到老去和死亡，就像我们的父辈一样——那样的生活境况和人生场景，我们太熟悉了。

——其实，我错了。

二十世纪八十年代末和九十年代初，我们就像奔赴五湖四海的兄弟姐妹，开始了各自的寻梦人生。之所以说"寻梦"，是因为那个时候谁都没有放弃梦想，甚至包括三柱——谁能说，三柱的"老婆孩子热炕头"不是一个梦想呢？而且，他的这个梦一点也不虚无缥缈，而是实实在在，我甚至还想象过在不久的将来，三柱坐在堂屋桌边，架着二郎腿，咪着小酒、品着下酒菜，完全把自己当成了活神仙似的，而家里的媳妇范春花却忙得团团转儿，为一帮健康活泼的孩子处理着没完没了的吵闹纠纷……

然而，直到工厂关停破产，仿佛一夜之间，他和媳妇范春花双双下岗失业，这个时候的三柱才发现，原来想象中那么简单易行，甚至唾手可得的平凡,甚至多少有些平庸的梦想也随之破灭了。

三柱一连好多天都没有走出家门。显然这个打击太突然、太沉重,他一时半会儿还回不过神来,甚至还无法接受。好端端的一个工厂,怎么说关就关、说停就停了,并且宣布他们从此就是下岗职工了?

"什么他妈的下岗职工,其实就是失业了,从此就是无业游民了!"三柱对自己说。

媳妇范春花倒是没闲着,像热锅上的蚂蚁,天天出去打探消息,不久就找熟人托关系去了一家民营招待所当上了服务员,挣得不多,但管一顿午饭,更重要的是有份活儿做了,心里变踏实了。

"这年头,不找个有权有势的人罩着是不行的!闷在家里,就是没出息!想等着领导上门来关心你,帮你找工作,那是做梦——白日做梦!"

这些话,是媳妇范春花从厨房里发出来的,也是故意说给坐在阴暗的堂屋里闷头抽烟的三柱听的。三柱还听见媳妇一边说着一边把那些锅呀、盆呀、碗呀弄出很大声响。

尽管媳妇一再数落,但像是突然变傻了的三柱就是不去找任何人。他整个人瘦了一圈,像害了一场大病,整日像个幽灵一般徘徊在阴暗的堂屋里,或者长时间地枯坐着,或者踱步吸烟(临时抽上的),一口接一口地喝茶,饿了,去厨房揭开锅盖——媳妇把饭菜都焖在锅里,黑乎乎的咸菜碗压在黄澄澄、干巴巴的米饭上,一层热气微弱地升腾上来——他又盖上,觉得不饿了,回到堂屋,又坐下,吸烟、喝茶,目光呆滞地望着窗外。

其实，门窗和窗帘都是关闭的。开始几天不断地有工友找上门来，在门外叫他，说是要去工厂里闹腾，这么轻易地失业了也太憋屈了，不行就到政府去静坐绝食什么的。三柱始终不开门，就像家里根本就没有三柱这个人。外面不吵了，安静了，众人也走远了，三柱好像也累了，就折身进了低矮潮湿的卧室，一头倒在床上接着睡。

三柱后来告诉我，他那时从未想到过，他的人生好像才刚刚开始就遭遇如此痛苦难堪的日子，他也从未想到过，像他这样一个最愿意顺从命运安排的人，居然也会被命运逼得走投无路而非要进行选择不可。他当时清醒地知道，自己的选择无非就是要活下去，有口饭吃，有事可做，可是现在，这个社会相当于一下子把他变成了一个废人、无用的人、多余的人。在那些绝望而煎熬的日子里，他觉得长这么大跟自己都没法做个交代了。如果说上不了大学真的是天赋不够不可强求，那么现在，居然连养活自己都成了问题，他还是个男人吗？

媳妇范春花回来对他絮叨，谁谁谁又找着工作了，谁谁谁找了某个关系就搞定某个岗位了，谁谁谁托谁又调到某个单位去了，谁谁谁有个亲戚帮忙又进某个部门了……这些话其实只是铺垫，范春花真正要说的是："你不是在政府里有个叫陶冶的发小同学吗？他现在不是政府里的一个科长了吗？你为什么不去找找他呢？……"

三柱不搭理她，甚至连那双变得灰暗而沉重的眼皮也未曾抬动一下。

媳妇说的这些,三柱何尝不曾想过呢?他先后几次去了市政府,就在陶冶的办公室门口徘徊良久,最终也还是没有勇气走进去。他也曾给我、李二、胡子和江燕燕都写了信,恳请给予帮助,但信都没有写完,他就撕了。他觉得自己既说不好更写不好。他那时内心最纠结的一个问题就是:我到底能干什么呢?他们即便能帮助我,我自己又能胜任什么样的工作呢?如果什么也干不了、干不好,那么我还需要那样的帮助吗?换句话说,岂不是辜负了他们的帮助?

这天傍晚,媳妇范春花回到家里惊异地发现,三柱把家里所有的书都捆扎起来,堆在堂屋的地上,一个乡下老人正用一杆粗圆的黑色长秤一捆一捆地称着斤两。

"你这是干啥?"媳妇叫道,"家里不缺这个钱!"

这些书除了从小学到中学的教科书,还有三柱这些年里陆续买来的许多文艺杂志和世界名著(其中还有我和李二上大学后赠送给他的成套的外国文学名著)。据三柱自己说,有些书还是他当年(二十世纪八十年代初)一大早去书店门口排队才买到的,跟宝贝似的整齐地码在书柜里——有几本书是始终放在床头柜上的,如《普希金抒情诗选》、惠特曼的《草叶集》、歌德的《少年维特之烦恼》等也都被捆在其中。

媳妇当即伸手要抓那杆黑秤,甚至要挤过身去把那个乡下老人驱逐出门,三柱这才上前一把推开了她,险些把她推倒在地。

"你别管!"三柱挥动手臂,恶狠狠地说,"这些东西,就是我的心病,不把它们处理掉,我就下不了决心!我就没法儿跟自己的过去做个了断……"

说出这些话来的同时,三柱的眼眶是红的,里面充盈着闪动的泪水。他也是做过文艺梦的,或者说,至少是有过做个文化人的梦想的,后来却发现那个梦想根本就不切实际,完全不符合自身的条件和天资,然而他依然不愿放弃,他觉得自己起码应该有个读书人的品位,即使是做个没有上过大学的、掉了队的读书人。现在他毅然决然地要把所有的书本都从自己的眼前清除掉,就是要在心里死了那个心愿,灭了那个念想。

那些书最终被他卖得一干二净。

三柱之所以要这样做,是要让自己下最后的决心,这个决心着实把他媳妇范春花吓坏了:他要去乡下跟舅舅一块儿种田,就是说,他从此不当城里人了,要去当农民了。

这简直是疯了!要知道在那个年代,一个城里户籍比金子还珍贵,不知有多少人挤破头要往城里钻。媳妇范春花不干了,她万万没有想到,这个在工厂里不起眼儿的、多少显得有些平庸的丈夫,居然平庸到要在这个节骨眼儿上做骇人听闻的缩头乌龟了,或者说,他原来就是个缩头乌龟——城里人都不愿做了,要去当个农民!

范春花终于哭闹起来:"你那些同学大学毕业了,都还嫌咱们这个城市小,大机关的工作都不要,跑到上海、深圳、广州等大城市去谋发展、搞创业,你倒好,连城里人也不当了,竟要去乡下当农民了,你这是啥出息啊！有你这样做男人的吗？你还算是个男人吗？……"

她相当于声声泪、字字血地控诉三柱了，而三柱就是始终一言不发，脸色黑得像锅底。

三柱能说什么呢？他似乎到现在才明白，他既没有权势显赫的家庭背景，又没有左右逢源的社会资源，自身又资质平庸，甚至笨嘴拙舌……这人生早已够一团糟的了，他能辩解什么呢？

范春花最后公开表示，她绝不会跟他一块儿去乡下，更别说去种田养鸡什么的。

然而，三柱义无反顾地卷起铺盖走了。

三柱小时候是跟着舅舅在乡下长大的，上学后每年寒暑假期也大多是到乡下舅舅那里度过的。他熟悉那里的一切。在他已经遭遇的有限的人生境况和他的回忆里，几乎没有比乡下的田园风光和那里的生活环境更让他觉得值得选择了，何况是在这样面临绝境的时刻。

那样的选择，或许也是一条活路吧！——这就是当时三柱的真实想法。

第七章

江燕燕从中学到大学一直是公认的校花，只是她后来有些疯过了头。大学临近毕业，她就跟那个曾经让李二醋意大发的文艺男青年分了手，就像是突然省悟了什么似的，当断则断，不留遗憾。据说，那个文艺男青年是真的迷恋上了她，又是写血书又是下跪都无济于事。江燕燕这么做，在外人看来仿佛就跟事先计划好了似的。她做绝情的事像做疯狂的事一样，主意已定就勇往直前且绝不反悔。当然，她拿定的主意一定是她看准了的，因此也就不犹豫、不彷徨，甚至一点也不儿女情长。她对自己的美貌和聪明一向充满自信；她外表的沉静，其实隐藏着内心里深不可测的精细和不为人知的秘密。

江燕燕的家庭环境跟我们的都不同。她的母亲是新中国成立前夕活跃在上海滩和江浙一带最年轻的沪剧小花旦，生得貌美如花。解放大军过江后，戏班就解散了，她的母亲被招募到部队文艺宣传队，随军南下。江燕燕的父亲当时是个部队营长，看上了她，等到转业时就想方设法把她和自己落户到同一个城市工作。江燕燕自小就是父母的掌上明珠，据说她母亲总是怀不上，到了她爸年过半百以后才有了她。小时候我们去她家里，见到她爸像个老爷爷，头发和胡子都已花白，行动也迟缓，而她妈却满头黑发，眉清目秀，一派大家闺秀的风范，就觉得十分纳闷，却从来也不敢打探一下。江燕燕她爸当时是市里某部门的大官。每次去她家，我们都有些战战兢兢，蹑手蹑脚，从来也不敢放肆。但是我们都知道，江燕燕从小跟她爸就不亲热，跟她妈却始终亲密无间，她周末伴着母亲逛商店，有时候两人看上去甚至像一对姐妹。很多年以后（那时候，江燕燕的父亲已去世），江燕燕才告诉我们,她爸从一开始就不是她妈愿意嫁的对象(她妈早年在戏班时就有了相好,戏班解散后,他就不知去向了,当然也就无果而终)。江燕燕很早就发过誓,这辈子一定要活出个性本色来,绝不重蹈母亲的覆辙,要敢爱敢恨,绝不妥协迁就。

江燕燕毕业后被分配到省城辖区一个文化馆工作,她办完报到手续后,没上几天班就谎称老家亲人重病需要回去照顾,请了长假从此不见踪影。其实她是去了北京、上海、广州等地考察了一圈,后来又去了成都、昆明、拉萨,差不多在外飘荡了一年多。用她自己的话说,她是去开眼界,长见识。江燕燕知道,她一旦进入体制内,就不再具有支配自己时间的自由,那么,趁着大学毕业进入岗位之前,好好让自己放松一下,也顺带把大好河山饱览一番。

当然,对于这一段经历,她很少主动提及。我们也只是看过她后来出示的几本漂亮的影集,那里面都是一些陌生的男女:有在北京天安门前的个人照,有在八达岭上与一拨青年男女比着胜利手势的合影,有上海外滩的,有广州珠江畔夜景的……令人印象比较深的是,里面有一张在西藏米拉山口跟一个英俊的留着络腮胡子的老外的亲密合影。那是个意大利留学生,名叫塞西,两人是在北京三里屯一家咖啡馆里认识的,后来结伴游历了西藏。两人相处过一段,塞西甚至动员过江燕燕去意大利留学。当然,后来两人之间也不知何故就不了了之了。

后来,江燕燕又去了深圳,跟刚刚从海南去深圳落脚的恋人李二终于同居在了一起——这一段是后来李二告诉我的,其他人并不知情——然而,好景不长,江燕燕跟李二又吵翻了,这才仿佛死心踏地回到省城那个区文化馆上班了。

江燕燕就是在这个区文化馆里落下"美狐精"称号的,而这个称号也是随着有关她与区长之间的绯闻一同流传出来的。

到了年末时节,区人事局长向区长张栋汇报工作,提及一个名叫江燕燕的女同志至今不知去向,不来上班,按规定应予除名,或将档案退回原大学学生处,请示区长的意见。张栋区长坐在宽大的办公桌前,漫不经心地问那个江燕燕是哪个大学分配来的,什么专业。人事局长就报了校名和专业。张栋怔了一下,这是自己的母校,而且她还跟自己是一个专业,都是中文系的。他叫局长把江燕燕的档案拿来,他要亲自察看一下。

档案很快就摊开在区长的案头上。张栋首先看到贴在表格右侧的那张二英寸彩照:黑油油的短发,洁净的前额,一缕斜斜的秀气的刘海儿,一双明澈晶亮的杏眼儿,光润如脂的瓜子脸,细长挺直的鼻梁,娇小而略显倔强的嘴唇……他看这张照片的时间可能长了点儿,毕竟人事局长就在身边,他似乎觉得有些不妥似的,随即就合上了档案,递给人事局长,然后说道:"把这个档案留下吧,岗位先空缺着,我看这个小江各方面都还是不错的。你们也想办法联系上她本人,督促她早日上岗。"这事就这么定了。

张栋当时也并不能确定那个叫江燕燕的何时能回来上班。有一天他突然想起了她，就拨通了人事局长的电话询问此事，对方告诉他，那个叫江燕燕的来上班了，都有一个星期了，并对区长表示抱歉，因为没有及时汇报情况。张栋说，通知她来一趟区长办公室。

江燕燕在走进区长办公室之前，就想好了各种理由，母亲生病了，或者孤身一人的姑姑需要照顾，反正她不愿把实情说出来，或者说到时候视情况而定，她觉得自己胸有成竹。在区长宽敞明亮的办公室里，张栋根本就没有问她这一年半载都跑哪儿去了，他仿佛一点也不关心那些，说的都是当年母校里的事情，诸如当年的老师现在怎么样了，当年那个湖边三角地的恋人区还在不在了，食堂小灶间现在还开不开夜宵小吃……在这个过程中，江燕燕发现这个英俊健壮的学兄，声音洪亮，目光敏锐，口若悬河，侃侃而谈中既诙谐幽默又把握分寸，从不故意涉及敏感的或使人难堪的话题，俨然一个学兄大哥的风范。更让江燕燕感觉特别的是，学兄一次次向自己投射过来的目光里面，有一种令她怦然心动的东西。江燕燕马上意识到，她心里准备的那些借口完全是不需要的了。

平日里，作为一个区属文化馆的普通工作人员，江燕燕是很难接触到区长张栋的，即便是请示汇报，也轮不到她，况且文化馆与区政府的办公区域也不在一个院落里。文化馆幽静的院子里有一间高档、精美的乒乓球活动室，张栋下班后经常会带着几个办公室的陪练人员来这里打球。江燕燕并不爱好乒乓球，甚至也不会打，可是张栋每次来都会叫上她，或者说，就是让她来欣赏他打球。据说，以往区长也只是偶尔来文化馆打过几次，但自从江燕燕来了后，张栋来的次数就多了。以江燕燕的个性，一两次观赏他打球也还勉强对付得过去，但一周三四天下班后在这里耗着，她绝对不干，她甚至会直接对张栋说，区长大人你好好练着吧，本小姐还有事呢。可是现在，她却愿意耗在这里，聚精会神地观赏着，从最初关注那只来回穿梭、抽杀往返的小小的乒乓球，到最后只关注那个穿着汗背心、肌肉强健的学兄了。他的球打得确实好，一招一式跟专业运动员几乎没两样，气质、姿势也恰到好处。据张栋自己说，大学里他的乒乓球就是全系里的 No.1。江燕燕看着这个晃动着的矫健身姿，脑海里会经常不自觉地浮现出那个远在深圳的恋人……

三五局打下来，天色黯淡了，张栋会叫上江燕燕一块儿去吃个晚饭，开始只是在街边的小饭馆对付一顿，但到后来，规格就越来越高了，有时候即使张栋不来练球，也会电话通知江燕燕去某个大酒店，说是来了客人，让她也参与接待作陪一下。江燕燕其实早就看出了张栋的心思，但她绝不首先捅破那层窗户纸，她要看看这个挺绅士的、春风得意的、仕途前景美好的男人怎样表演下一出。

那时候酒宴散了，下一个节目就是去 KTV 唱歌跳舞。那种场合，江燕燕可是绝对不可缺少的人物，或者说，每次从酒宴到歌厅，江燕燕都是男士们心仪的目标、肾上腺的兴奋点。江燕燕酒量很好，只是轻易不会放开喝，歌唱得一般，但舞跳得专业水平，就是说，从酒桌到歌厅，江燕燕从来都是应付自如，加之她落落大方，举止优雅，不卑不亢，言辞机智,因此男士们都感觉如沐春风。如果说,酒宴上的目光交流多少还有些隐蔽性,那么到了灯光斑斓、光线幽暗的歌厅里,也就是张栋手臂轻揽江燕燕苗条的腰肢,步入舞池翩翩起舞时,在手与手、手与身体、目光与目光的接触中,在抒情浪漫的音乐旋律围绕的旋转中,江燕燕真实地感受到了这个与自己贴得越来越紧的男人,对自己是有企图的。

夜深了,场子散了,客人们一一握手告别,张栋对秘书说:"你带车先回吧,我还想散散步。"然后扭过头来,煞有介事地对站在一旁的江燕燕说,"小江啊,你陪我逛逛吧。"以往都是张栋的车送她回去的。这一刻她倒是镇定得很。她知道该来的总要来的,躲是躲不过的。

他们没有沿着灯光璀璨的街道散步,而是横穿过马路拐进了静悄悄的街心公园里。张栋走在前面,江燕燕走在后面,这是一条幽暗静谧的林荫小道。

话题的主动权总是掌握在张栋的嘴里,他先说到今晚客人们的一些背景和影响力,然后说到最近区里一些令人头痛的工作,比如拆迁呀,离退休人员的待遇落实呀,全区的卫生条件改善呀——其实,这些跟江燕燕都是八竿子打不着的事,她装作认真地听着,并不插嘴表态,心里却在期待他怎么把话锋转过来,转到他内心真实的意图上来。

好像过了很长时间,差不多把街心公园转悠了一圈,张栋这才问到江燕燕对他的印象如何,感觉如何,语气、态度都显得诚恳而迫切。

阴影里的江燕燕其实暗暗开心地笑了一下,这一刻她心里想对张栋说的是:"何必呢?转那么大一个圈子,也就是想问这么点东西!"但她很快就收敛了态度,反问张栋:"这个重要吗,在你我之间?"她停住脚步,侧目看着他,"你一个高高在上的堂堂大区长,让一个文化馆的小科员谈对你的印象和感觉,有意义吗?"

张栋愣着,半晌没有说话,两只脚在地面上划动着,好像要在黑暗里把地上的某个虫子碾死。江燕燕先走动了,她感觉到张栋跟在后面。暗紫色的夜空繁星一片,凉风吹拂着小道两边的垂柳婆娑起舞,池塘里的蛙声衬托出了周围的寂静。江燕燕突然觉得自己有必要主动一下,如此窘迫地沉默着简直就是煎熬,哪怕是捅破那层窗户纸也罢。

她的声音极其冷静,说:"你这样频繁地跟我接触,就不怕你的秘书,还有其他人可能会说些什么?你不在乎这些?说白了,你不在乎我们这样的接触可能会影响到你的家庭和你的前途?"

张栋又停下了,身躯挺拔地立着,抬头望着星空,好像刚才江燕燕是提醒他看看夜空似的。他把双手插在裤兜里,就那么久久地望着。此刻从池塘那边传来的蛙声,显得异常清晰而聒噪。后来他重重地叹息一声,对江燕燕说:"时间不早了,我打车送你回去吧。"

江燕燕没吱声,但心里想说的是"这就对了"。

那一刻,江燕燕的内心其实是紧张的。她害怕他突然冲过来紧紧地搂住她,然后是迫不及待地要求她,吻她,甚至抚摸她,在这个过程里他可能还会冲动地向她许愿、发誓,语无伦次,癫狂迷乱,直到她答应他,满足他。那静默的分分秒秒,仿佛有一种令人不寒而栗的压迫之感。谢天谢地,什么也没有发生!但江燕燕相信,张栋是在最后一刻才选择退缩的。是她先前说的"家庭"和"前途"撼动了他的底线意识,使他权衡利弊后不敢越雷池了,还是他本身就没有真正准备好,跟江燕燕究竟怎样相处下去,处到什么阶段,处成什么结果——至于这些,江燕燕就不得而知了。

正如江燕燕预料的那样,流言蜚语很快从区政府的院落流传到文化馆的小院。张栋不再来打乒乓球了。不久,一个风姿绰约的女人——区财政局的副局长找上门来。她把江燕燕约到小会议室里,掩上门后就开门见山地告诉江燕燕,她是张栋的夫人,他们夫妇感情很好,丈夫目前是省部级干部的梯队人选,将来前途不可限量,云云。江燕燕冷冷地坐在那里,始终一言未发,直到这个女人走后,她把自己关在办公室才哭出声来。

接着,文化馆馆长,一个当年唱京剧的、如今谢了顶的老文艺工作者约谈江燕燕,开头还是工作呀、学习呀、生活呀什么的,绕来拐去最后才扯上实质问题:今后要少接触张区长,影响不好;你还年轻,人家有家庭,将来路还长,还有名声呀,名誉呀,云云。老馆长嘘着声,特别提到了如今外面已经有人给江燕燕起了个外号叫"美狐精"呢!

这一次江燕燕发作了,她问老馆长,是谁指使他来的,他谈的这些又是谁定的调。她相信这个几乎当了一辈子和事佬的老馆长,绝对不会主动来谈这类事情。面对江燕燕咄咄逼人的追问,老馆长实在也是搪塞不过去，只好如实说了是张区长让他来谈的。

江燕燕当场就摔门而去，径直跑到区长办公室，关上门，面对面地责问张栋是什么意思，是因为她丑化了他，搞臭了他，还是因为他自己反倒要搞臭她。张栋满面羞红，双手紧张地上下摆动，示意她要冷静、冷静、冷静，千万不要声张，不要激动，不要感情用事，不要把本已快要平息的风波再掀波澜。

一阵冲动后，江燕燕坐到沙发上不禁伤感委屈，潸然泪下。张栋走过去反锁了门，回到沙发旁边，蹲下身子，一把抓住了江燕燕的手，面色苍白地望着泪水模糊了花容的江燕燕，声音激颤地说："江燕燕，你只要告诉我一句，你到底爱不爱我？"

江燕燕用纸巾把脸上的泪水揩干，站起身，神情端庄，语气坚定地对他说："不爱，从来就不爱！"然后，径直走过去打开门，走了出去。

后来，还是靠着区长张栋学兄的帮忙使劲，"美狐精"终于调回到我们小城的电视台做了《大众生活》栏目的主持人。关于和张栋区长闹出绯闻这一段，江燕燕始终守口如瓶，而小城里也并没有多少人知道她有过"美狐精"这一称号。

第八章

在我的印象里,陶冶自大学毕业进入政府机关后,就像是从事了某种地下工作,既显得神秘、严肃了,又多少有些令人乏味,缺乏生气。见了面,他几乎从来不主动谈及工作方面的话题,也明显有些厌恶我们谈及,好像那个领域非局外人所能评头论足似的。他本人也越发变得老成持重,拘于言笑。这一切变化对他来说,倒像是某种自然的程序化过程一样。

陶冶出生、成长在一个殷实朴素,甚至有些古板苛刻的家庭里。在我们发小圈子里,除了江燕燕外,他也是从小到大几乎从没有过忍饥挨饿的经历,那个年代缺衣少食,我们常常为了填饱肚子而不择手段,比如去农村地里偷黄瓜、山芋、玉米,或者下河摸鱼捞虾什么的,但陶冶从来不用去干这些,也就是说,他从来都是衣食无忧的。他的父母是双职工(那个年代大多数家庭,都是由一个丈夫带着一个从乡下娶来的媳妇及一大帮孩子组成的,就像胡子的家庭),他爸因为勤奋好学而成了工人出身的技术员,他妈是幼儿园老师。我记得他爸在家里除了钻研那些技术书外,还看《资本论》《反杜林论》呢。陶冶在家是老大,下面就一个妹妹,一个清瘦、寡言的小丫头,但这个妹妹比他厉害,后来成了小城第一个考上北大的学霸。双职工,一儿一女,生活幸福,几乎就是当年的模范家庭——据胡子说,他长大后曾问过他的父母,为什么要生养那么多孩子,而不像陶冶爸妈那样,只生养一儿一女多好,活得又轻松又无忧。胡子爸愤怒地骂他道,小狗日的,那年月老子根本就不懂如何避孕节育。而陶冶的爸妈就懂,事情就这么简单。——小时候,我们去他家里,总觉得这家人永远都是那么规规矩矩,且神情淡泊,安之若素,仿佛没有什么事情是值得大惊小怪的,我甚至回忆不起来,在他们家里是否出现过大声喧哗或其他热闹的声响。

我记得,我们是高一那年才成立所谓文学沙龙的,而真正的发起人就是陶冶。那是二十世纪八十年代初,陶冶居然不知从哪儿弄来了那么多的书,而且都是经典名著,每次在我们面前拿出一本来,都会引起大家的热议和争抢,然后约定好阅读完的时间以便下一个人接着阅读。后来他告诉我们,那都是他爸每天一早就赶到新华书店门口排队才买到的。得到这个消息后,我们也这么干过。那个时候,一大早赶往新华书店门口排队购书,那种激动兴奋的情感体验,之后再也不曾有过——那个年代渴望读书,真是一种疯魔了的景象啊!就是在那个时候,我们知道了雪莱、拜伦、歌德、海涅、席勒、普希金、托尔斯泰……因为需要交流和讨论,于是我们的沙龙集会地点就选择在了李二的家里。周末白天,就在他家的后院里。院子里种植着桃树和冬青树,还堆放了一些杂物,有二十平方米的空间,最初李二的妈妈还种了些小葱和韭菜什么的,后来因为这里要作为神圣的艺术畅想之地了,李二便擅自铲除了它们,并把那些杂物也一并收拾掉了,还自己动手铺上了水泥地面,把家里的桌子椅子摆过来,让院子成为一个可以喝茶谈诗歌的场所(当时李二的爸妈也是支持他这么干的)。而到了晚上,我们则挤在李二那间搭建在院墙一侧的小房间里,气氛一样热烈而兴奋。文学,或者说诗歌,那个时候完全把我们带入了一个神奇而美妙的世界,那个世界不仅多姿多彩,而且如此真挚、纯洁、辉煌而崇高!陶冶就曾说过,他人生的第一目标就是要争取成为一个作家。李二和我则选择当一个诗人。当时,胡子和江燕燕的态度则有些暧昧,或者说羞于说出要当什么,但从他们投入的热情、专注、痴迷来看,无论是作家还是诗人,都是那样令他们向往而渴望。连三柱都说过,"我就当诗人的兄弟吧"。

颇有讽刺意味的是,当年曾信誓旦旦要成为作家的陶冶,通过在政府系统的历练,从一个不名一文的材料写手起步,几年下来居然赢得了"首席大笔杆子"的称谓。这并不是一般人可以做得到的。对于陶冶来说,这番历练不仅非同寻常,而且近乎脱胎换骨。他由最初的参与材料写作,到后来独立执笔,甚至到具体把关政府主要领导的大会报告、专题讲话稿,以及重要会议的发言材料,这就相当于把关了政府系统的重大材料的前沿关隘——陶冶的身份在短短几年时光里,由副科长、科长、副主任变成了主任、副秘书长。

毫无疑问,陶冶走过了一段极其艰辛而痛苦的成长之路,用他自己的话说就是"那个过程也许只可意会,不能言传吧"。他其实并不想言传身教自己的那些经验,在政府办公这个看似简单而体面、光鲜又荣耀的系统里,你唯有真正地潜身其中才能发现秘密,摸清门路,掌握学问,然后才能脱颖而出,成就一番作为。

记得陶冶刚刚工作那几年,我们回到小城聚会,总是发现他清瘦的面容显得憔悴不堪,一双沉重而疲惫的黑眼圈,眼球上时常还挂着血丝。即便我们说了什么笑话,他也打不起精神似的,倒是不断地打起大大的哈欠,眼泪也会流下来。看上去,他就像是从来也不曾好好睡过一个囫囵觉,或者像是被某种神秘的病魔纠缠在身而不得解脱。

我们问他怎么回事,他只是淡淡一笑,说最近有点忙。

见多识广的江燕燕倒是一针见血:"是写材料熬夜熬的吧!"然后她还加了一句调侃,"现在知道了,政府的那碗饭也是不好吃的吧?不是什么人都可以干的吧?"

陶冶没有辩解,点了点头,算是默认了。

那个时候的陶冶,身心交瘁,自信心也备受煎熬。他执笔的材料总是通过不了,问题多多,领导的批评渐渐变成了家常便饭,由最初的婉转指出问题到最后的拍桌子瞪眼,当着他的面,将那些他通宵达旦写出来的材料像一堆狗屎一样扔得满地都是,"必须重写,全部从头再来"!委屈伤心的泪水在他的眼眶里打转,但他就是没有让它们流出来——我不止一次地想象过,如果彼情彼景,那个场面里的人是我,是李二,是胡子,是江燕燕,是三柱——不,三柱不会出现在那个场面里——我们会如何面对与处置。我可能会坚决要求调离岗位,这活儿干不了了,没法儿干下去了。胡子甚至当场就会嚷道:"老子不干了,走人了!"江燕燕不会这么说,但她会转身就走,翌日就交上辞职报告。李二可能会极力压制着心头屈辱的怒火,一板一眼地对领导说:"你也写份材料出来给我看看,看看你的水平究竟高在哪里。"想来想去,也只有陶冶承受得了这个压力,不仅如此,他还会将压力变成动力,助推他实现人生超越。

夜晚的政府大楼是静寂的。陶冶买来盒饭,把自己关在办公室里,从档案室里调来成堆的前任们成功的范文,精心研读,摘抄其中经典的句子,甚至是整段的有生命力的文字。同时,他也不放过任何好文章,无论是报纸上的还是杂志上的。他仔细研究那些文章的格式、套路、层次,甚至包括叙述的节奏和结构。他细读《人民日报》与《求是》杂志,特别精读那些社论和评论员文章。他把一个时期以来的中央和省市的重要文件重新细读一遍,从中掌握方针路线政策,并且吃透精神,然后条分缕析、分门别类地做着笔记。

陶冶就是那种一旦选定目标,就会锲而不舍地坚持下去的人。当然,他的目标从来都是务实的,而且是能够见到成效的。他对此是有着清醒的判断力的。他越是如此钻研和投入,就越是发现这门功课深着呢,里面的学问也大着呢!这份工作不仅要有文字功底、理论素养、哲学思维,还要有实践历练。他开始注意收集一个时期以来重要领导人在有关文件和报告中的指示和提出的观点,主动向科长请缨要带着问题到基层去蹲点调研,掌握基层第一手实情,再进行归纳总结,跟方针政策对应着找出办法措施。那段日子里,他白天在基层厂矿泡着,晚上就回到政府大楼里做他的功课。逐渐地,他终于明白了"功夫在诗外"的深刻道理。

也正是通过这样一个潜心钻研加实践摸索的过程后,他才吃惊地发现,自己过去是多么孤陋寡闻,多么一知半解,那些一度让自己沉迷其中的浮华、缥缈、浪漫的文学语言与实际公文的严谨、逻辑、系统、专业比较起来,差别有多么大!那些仅仅是写在纸上像模像样的文字,实质上却是脱离实际的东西,难怪会被一次次地推倒重来、批评,甚至指责……到了这个阶段,他才真正懂得了所谓看山不是山、看水不是水的境界,而他的文章悟性也随之升华——他由一般报告材料的研究,继而延伸专注到领导者的工作作风、语言喜好、文化修养。于是每每执笔前,文章开头部分用什么样的句式,结尾处如何推向高潮,所谓"豹头、猪肚、凤尾",起如爆竹,结如撞钟,根据平日里所掌握到的领导者的说话习惯、语言风格,在文章中哪些地方该用陈述句,哪些地方该用复句、设问句、反问句、排比句等等,他都会一并考虑周全。经过了这番功夫磨砺,陶冶也终于体验到了"梅花香自苦寒来"的真谛,他渐渐成了政府办公系统的"金字招牌"。

陶冶由一名政府机关里的普通文秘科员起步,到执笔重大报告,到最后参与把关和定稿;由最初伏案工作,不分昼夜,到后来不离主要领导身边,也随主要领导频频出现在重大活动的现场和电视画面里……陶冶就是这样与我们一步一步走远的,尽管他走得并不轻松。

那个时候的陶冶,衣着朴素,神情肃然,一举一动都显得低调谦逊,但已经透着一个年轻领导干部的做派和风范了。

第九章

就在江燕燕从省城文化馆调回到小城的那一年夏天,李二创作的一组现代诗《我仍在远方》终于在南方荣获了当代诗歌大赛一等奖,奖金五千元(在当年那可是一笔相当可观的奖金)。李二兴奋坏了,挨个儿打电话报喜讯,邀请我们回小城一聚。

我们有几年没有聚首了。

他语气恳切,态度真诚,显然这次获奖对他来说太重要了,是对他多年来埋头于诗歌创作的肯定。他的自信心大增。他要荣归故里,他要扬眉吐气。

他的邀请几乎容不得我不答应。

我立即就想到了一个人,在电话里问他:"是不是想念江燕燕了?"

电话那头沉默了片刻,很快传来嘿嘿的笑声。他跟我说话一般不会绕圈子,接下来他就对我说起了江燕燕在深圳与他所发生的一些矛盾冲突(只讲了观点上的冲突,并不涉及其中的细节),并且告诉我,她当时是以分手的方式从深圳走的,不过现在他跟江燕燕的关系正在恢复当中。"看来,我们还是谁也离不开谁吧。"他颇有些自得地说。

这当然最好不过了,毕竟两人风风雨雨这么多年,也应该修成正果才是。

"我听说,江燕燕在省城那个文化馆发生了一些情况?"李二问,语气略显疑惑。

我没有问他从哪儿听说的,只是在电话里如实告诉他,我并不知情,具体情况更不知晓——我太了解李二的敏感了,所以我一点也不想介入这种情感是非。

其实李二也不是什么"听说",就是江燕燕本人亲口对他说的:"我是因为跟学兄区长的绯闻才从那里卷铺盖回来的!"至于其他,江燕燕就守口如瓶了,也只能是让李二自己去猜想吧。江燕燕还告诉李二,她之所以选择从省城调回家乡小城来,主要还是因为她年迈的母亲那时已重病在身。她的父亲早在她大学毕业那年就已离世,母亲现在是她唯一的亲人。

这个消息倒是释解了我先前对江燕燕突然调回小城工作的困惑,以江燕燕的个性和野心,她是不可能重返小城来偷安苟活的。在我看来,长大后的江燕燕那样敢爱敢恨,甚至个性自由而张扬,从某种意义上讲,就是要弥补母亲坎坷一生中所遭遇的缺憾,现在她不可能丢下老母亲而不管不顾,而她的尽孝也不仅仅是感恩报答,更多的是尽可能地对母亲伤痛的一生给予慰藉和补偿。

我那时人在珠海,正徘徊着未来何去何从,因为诸事不顺,事业也没有一点起色,感觉自己始终处在低潮状态,于是就答应了回小城去团聚庆贺一下。当然,也是要探望一下父母,他们永远期盼着我回家。

我当时想,李二这么做,他真正的心思还是在江燕燕身上——他要跟江燕燕化解之前的误会。据我的分析,江燕燕在省城文化馆与张栋区长之间发生的所谓绯闻,多少也与她跟李二在深圳的分手有关系。如果不是发生了激烈的争执,江燕燕未必愿意回到那个文化馆去就职——她当初其实已经打算在深圳开始求职了(这是李二告诉我的)。江燕燕后来说,也就是那次分手才使她痛苦地意识到,自中学以来一直执着地追求着自己的李二,其实在人生道路选择、价值判断和理想情趣方面,与她是存在差距的……

那已是初夏时节,小城阳光灿烂,绿水青山。回到阔别的故里,人就会变得莫名的兴奋、欣喜,仿佛过去的时光又轮回了,对将要发生的一切又充满愉悦的想象,熟悉的街道、商铺、熟悉的面孔、乡音……

那场酒宴,是李二事先就预订好的,在当时小城规格最高的江南大酒店。

见了面才发现就三个人:我、李二和江燕燕。

"陶冶呢?"我问。我关注陶冶,是因为在我们发小圈子里,只有陶冶是从来不与我们主动联系的。我们那时也习惯了他的不主动联系,而私底下却认为(至少我是那样认为的),那就是政府官员的官僚习气吧。

"去省委党校学习去了,说是这回学习回来就要荣升副秘书长了。"从江燕燕口中听到这个消息多少有些令我吃惊——这才几年工夫啊,陶冶这小子就要爬到正处了,而且每两三年就上新台阶,这可是我当初根本就看不出来的迹象啊。

"胡子呢?"我又问。

李二说,打胡子电话总是没人接,然后就把目光转向了江燕燕。

"他呀……"江燕燕扬起眼角,语气狠狠地说,"我看啊,胡子现在就是个花心流氓!"她的眼神里充满不屑。

"这话——怎么说?"我惊诧地问。

李二也阴沉着脸,不说话,目光还是看着江燕燕——显然,有关胡子的情况,江燕燕事先一定是对他说过了。

"胡子后来又去了一所中学就职,不过这回是个民办学校。你们可能根本不会想到,他这个当老师的,居然又把一个黄花闺女的肚子搞大了。不过这回可不是个女学生了,是个刚刚毕业、应聘来当老师的女大学生——这个流氓,这阵子又不知跑到哪儿躲起来了。"

江燕燕板着脸说,脸色也变红了,好像这种事就发生在自己的眼皮子底下。

"——又有这事?!"我万分惊讶。那一刻,我心想,他会不会又像上次那样不打招呼就跑到珠海去找我借钱消灾?我心里默默盘算了一下,距最初把那个女中学生肚子搞大还不到两年时间,胡子这是恶习难改了还是另有隐情?

江燕燕说,两个月前胡子来找过她,需要借钱消灾,借去了多少江燕燕没说,反正那是"肉包子打狗——有去无还!"——江燕燕直摆着手说,像是那钱快脏了她的手。看来,她比我更了解胡子的秉性。看得出,她并不在乎借给他的钱,倒是义愤于他这般下贱无耻的作为。

江燕燕继续说,胡子最初到中学教书,替他找关系走后门的是他的一个在教育局当科长的姨夫,后来女中学生肚子大了的事,让这个当初为介绍他这个外甥的才干能力而口吐莲花的姨夫羞愧难当。胡子后来去的这座民办中学,是托他大学一个"把子"同学介绍去的。胡子的同学根本就没有提及他为何好端端地从公立中学跑到民办学校来的原因,帮他把恶行藏着掖着,结果胡子却故技重演。

"你说,他这么干,让帮他的那个'把子'同学情何以堪?"江燕燕这么问我,眼光直视着我,好像我就是胡子,是我干了这么缺德的事情,"他这……都干的是些什么事啊!"

我说:"胡子可能是情有所迫……"

"还情有所迫?"江燕燕顿时白我一眼,那神情仿佛我跟胡子是一伙的,"那女孩子说了,不给钱就告他强奸,你说——有这么个'情有所迫'的吗?"

我不再吱声了。

江燕燕突然用一种特别鄙夷的口吻说:"我过去可从来没发现,胡子居然有这么个特别爱好!"她鼻腔里还哼哼了两声。

——这话其实也正是我想说的。

"那么三柱呢?"我又闷闷地问。那个憨厚朴实的三柱,好像就在眼前。

李二说:"没法联系他了,他过去留给我的电话号码根本就打不通。"

江燕燕轻轻地一挥手,又吊起了眼眉,像是一切都在掌握之中。

"看来,还是多亏了我又回到了这个小城来,否则,咱们这个组织就要分崩离析了!"她用嘲讽的眼光看了看我和李二,"我去找过三柱,他过去的工厂现在是合资企业了,里面根本就没有三柱这个人;去了他家,他媳妇也早跑了,不仅跟三柱离了婚,还重新嫁人了,而且连房子也卖了。"

这个消息同样使我惊怔了。在这不过两年多的光阴里,三柱居然也有如此天倒地悬般的变化!江燕燕说她当时也慌张起来,一连几天追踪打听才把三柱的下落搞清楚:"你们猜猜看,三柱躲到哪儿去了?——三柱跑到农村去了,跑去跟他舅舅一起种田养鸡去了!"

如果说胡子的恶劣行径已经使我惊诧万分,那么三柱不仅离了婚,而且竟然索性去乡下当了农民,这同样完全不在我的意料之中。

"这么说,三柱真的是去当农民了?!"一时,我想象不出当了农民的三柱是啥模样。

如果以一个孩子在家庭受到重视的程度而言,三柱自小得到的关爱呵护一点也不逊色于江燕燕。比较起来,只是环境和条件不一样而已。三柱在家排行老三,上面有两个姐姐。他的父母在生养了两个丫头后发誓要养出一个"带把儿"的,要传宗接代,传续香火,他才终于来到这个人世。他父亲是个矿工,母亲也是从乡下来的,夫妻俩都是文盲,但勤劳忠厚,老实本分。自从有了三柱后,这个家里的万千宠爱可谓集于他一身,吃的穿的从来不用他犯愁,两个姐姐几乎是靠边站,等到她们先后下放插队后,家里好吃好喝的统统由他独享。后来,两个姐姐在穷苦的乡下就指望着父亲早日退休她们可以顶职回城,脱离苦海,但老父亲公开放出话来:"顶职是留给三柱的,你们做梦都别想!"在这样的环境里长大的三柱,却从不骄奢,也不霸道,可以说,他从小就是个乖孩子,憨厚老实,为人忠诚。在我们发小圈子里,他也是从不惹事、不招摇的。在我的记忆里,三柱不仅善解人意,而且助人为乐,有时候宁愿替人受过也并不叫屈。高中阶段,不知怎的,他的功课成绩越来越差,高考前的摸底考试他几乎都是排名垫底,他那个时候就不止一次地对我说过,他这辈子可能真不是块读书的材料。那个时候,大家为他的成绩都有些着急,我、陶冶、江燕燕、李二,还有胡子,都曾无私地帮助过他,开始他是接受的,但后来他就完全拒绝了,而且再也不愿意我们跟他谈及任何有关复习补课方面的问题。但只要是搞文学沙龙活动,他照样热心参加,而且乐此不疲,劲头十足。其实从那时起,我就隐隐发现了,在三柱憨厚忠诚的外表下,骨子里藏着惊人的倔强和任性。现在,他居然主动跑到乡下去当农民了,这更加使我相信,他也是那种一旦拿定了主意,九头牛也拉不回来的主儿。

那场三人酒宴，并没有出现原先预想的庆贺、欢快、热闹的气氛。

李二的头发留得很长，差不多要披肩了，油亮亮的，脸孔苍白而消瘦，过去那架黑边玳瑁眼镜换成了细细的金丝边的，长长的额发半遮着眼角，显得文气而有些怪异。就这副形象，说他是著名诗人，也没人怀疑。他烟抽得凶，几乎一支接一支，手指被熏得黑黄。

江燕燕还是那么漂亮，一进门，似乎就把前卫的时尚气息带了进来。她穿着鹅黄色半开襟短袖吊衫，洁白束腰的长裤，裸着两条纤长白嫩的手臂，腰间系着一条金灿灿的装饰裤链，脖子上挂着一条色彩斑斓的玛瑙项链，浑身上下珠光宝气又香气袭人——显然，江燕燕如此清新靓丽的出场，就是要给李二看的——仔细看就会发现，她脸上粉底抹得挺厚，眼眶周围泛着黑影，眼神也不似当年那般有着晶莹剔透的灵劲儿。她那时抽烟已经抽得有模有样了，她抽那种细长的带有薄荷味的女款香烟，而且会很老练地吐出一个个烟圈儿。

李二点了龙虾、石鸡、烤鸭和茅台酒。李二事先保证过，那五千块奖金必须消费完。他甚至说过，这是他人生到目前为止诗歌带给他的最高的一笔酬劳。作为对自己的犒劳，他"必须完全彻底地消灭之"！

酒过三巡，酒意红了脸的李二就抑制不住情绪，站起身来朗诵起他那组获奖的诗，声音煽情，手势夸张——诗意真的很优美，很有境界，可是不知怎的，我的内心好像并没有被真正地触动，或者说，即便被触动了也没有那种融入化境的感觉——那一刻我才恍然意识到，文学那个绮丽的梦可能早已离我而去,只是我不愿意公开承认而已。否则,我怎么就进入不了李二所营造的诗意当中去呢?我看不见那诗中的山峦、湖泊、天空和海洋,甚至想象不出在群山之上,在波涛之畔,在那样绚烂明媚的梦境世界里,诗人寄托着怎样的情怀与憧憬……

那时刻,我静静地坐在桌边装作投入地欣赏着,其实我在怀疑着自己当年是否真的那样为文学疯魔过——那个时候,伟大的缪斯女神仿佛掌管了人世间所有的美好,而所有真善美的一切,连同那些歌颂的华丽而圣洁的辞藻都属于缪斯。投身那样一座神圣的殿堂,你的人生自然就会变得无比辉煌。我记得当年在李二那间狭小阴暗的房间里,在我们的文学沙龙会上,我曾经朗诵过普希金的那首《假如生活欺骗了你》:

假如生活欺骗了你/不要悲伤,不要心急/忧郁的日子里须要镇静/相信吧,快乐的日子将会来临/心儿永远向往着未来/现在却常是忧郁/一切都是瞬息/一切都将会过去/而那过去了的/就会成为亲切的怀恋

——我情不自禁,泪流满面……

也同样记得,朗诵莱蒙托夫的《帆》:

在大海的蒙蒙青雾中/一叶孤帆闪着白光/它在远方寻求什

么？／它把什么遗弃在故乡？／风声急急，浪花涌起／桅杆弯着腰声声喘息／啊——它既不是寻求幸福／也不是在把幸福逃避！／帆下，水流比蓝天更清亮／帆上，一线金色的阳光／而叛逆的帆呼唤着风暴／仿佛唯有风暴中才有安详

——我浑身战栗，从心灵到肉体似乎都被一种强悍的力量震撼着，身上仿佛在泛起层层鸡皮疙瘩……

现在，那沉迷于文学的如痴如醉的一幕幕，竟然在岁月的磨砺中悄然消失了，这让我不禁暗暗地惊怔不已。我的脑袋里早已充斥了太多物质的东西，就像原本一潭清澈的甘泉，经过与各种含有杂质的水源不断渗溶而变得混沌甚至浑浊了——不，可能还是追求物质的虚荣心，是日夜功利地算计着个人升迁，包括始终牵挂薪酬高低……

在李二激情洋溢的诗歌朗诵声里，我仿佛清晰地看到自己眼下的人生境况——哦，我原来早已潜身于那样庸常世俗的生活里挣扎而不自知、不自觉，深陷于那样卑微的泥沼里翻滚腾挪却乐此不疲而又麻木不仁——我突然对自己充满了鄙夷。这鄙夷同样令我浑身战栗，泛起层层鸡皮疙瘩。

我久久地一言不发，就坐在李二的对面，看样子似乎沉浸于诗歌当中，其实我的内心在自哀自怜。那个时候我最大的担心是李二问我：怎么样，这诗？意境如何？意象内涵又怎样？表现力还行吗？还有节奏、语感、层次（他过去会那样较真的）……他要是那样做，我就会

尴尬死了——我知道自己可能什么也说不出来;那种外表上的欣赏理解,完全是为他而伪装出来的。

谢天谢地,李二自始至终没有询问我任何关于诗方面的问题,他似乎早就明白,我早已不是当年那个我了,在这种场合里,现在的我,也仅仅是个他所需要的观众而已。

我观察到,自始至终只有江燕燕专注而深情地望着我们真正的诗人,一派欣赏而陶醉的模样。看得出,江燕燕深深被李二的诗中之情所打动,那双漂亮的眼眶里几次泛起晶亮的湿润。她那明亮晶莹的眼眼里充满了惊喜的欣赏,而她这般模样和状态仿佛又更加激发着诗人的热情张扬……

至此,我忽然有些后悔这次贸然从珠海赶回来,此时此刻,我几乎完全是一个多余的人。看来我只是给李二和江燕燕的言归于好,充当了一回适宜的"电灯泡"。

当然,看到两人对视的目光里重新闪烁出冰释前嫌的"电光",我心里还是欣慰的。至少在我看来,他们是一对真正的恋人,尽管有矛盾冲突,甚至对立,但情感上始终心心相印,也不离不弃。

接下来,又谈起了文学,其实是李二跟江燕燕在谈,我几乎插不上嘴,原因很简单,他们谈到的当前诗坛诗作什么的,包括那些诗人的名字及其大作,我几乎闻所未闻了。而江燕燕的谈话使我意识到,她不仅始终关注着李二的创作,也关注着当前的诗坛,她甚至比李二更多地了解当前诗坛和诗人的状况,而且在我看来,江燕燕的诗歌鉴赏力往往在李二之上,独到、精辟、深刻……

看着眼前这对和好的恋人,我想回珠海了,其实我是想那个叫小青的姑娘了。这半年多来我们已经约会了多次,恋情正在升温。本想邀她跟我一块儿回来的,又觉得过于唐突,毕竟彼此的关系还没到那个层次。趁着这顿饭快到尾声时,我说出了想回去的心思,想明天就走,李二这才把目光从江燕燕那张漂亮的脸上转向了我,神情显得十分诧异。

"不是说好要待上三天吗?"李二问。

李二原打算约我一起去周边乡下转转的,重温一下少年时游玩过的那些地方:南山寺的老庙,古塔村的千年泉眼,万寿山的森林小道,洪潭湾的明镜湖……那些地方,曾见证过我们的童年、少年,以及那个年代里缓慢而艰难的成长。

我苦笑着,低着头,并不想说出内心的秘密。

江燕燕这时问了一句:"你也不打算跟三柱见上一面再走?"

一听三柱,我眼睛就亮了:"三柱?怎么见到他——他不是在乡下吗?"

江燕燕把嘴里的烟雾吐出来。

"明天一早,我们仨就去他那里——成双县万庆乡湖田村——我都打听好了,明天我还备好了车呢!"她说着,抓过茅台酒瓶往酒杯里倒酒,那意思是还要接着喝。

第十章

一辆黑色桑塔纳轿车,车门上印着"《百姓生活》栏目组"字样。司机是个小伙子,戴着大墨镜,帅气得很。江燕燕叫他小王,看得出,他对江燕燕很恭敬,举手投足透着干练劲儿。江燕燕坐在副驾,我和李二坐在后排。车跑了一上午,从城里到县里,最后驶上乡村小道。由于路不熟,我们边走边停下打听,穿村过庄,快到晌午了,总算开进了一个农家大院子里。

江燕燕下了车,大声嚷道:"三柱,三柱——快点儿滚出来!"

一个挺着大肚子的女人,从一间大屋子里颤颤悠悠地晃出来,问我们是什么人。李二就赶紧走上去,做出谦卑的样子说明了我们的身份和来意。女人一听,就激动了,微微浮肿的面容露出欢喜的笑意,赶忙招呼进屋里坐。这时,有几只黑狗从后院蹿过来,气势汹汹的,江燕燕吓得立即躲到李二身后。大肚子女人冲它们训斥了几句,这帮家伙马上就摇尾乞好,在我们身边嗅来嗅去。

女人说:"三柱下地去了,一会儿就要回来了。"边说边把我们领进屋里。

进了屋,正面墙上挂着一张三柱和这个女人放大的合影。看来,她就是三柱现在的女人。在客厅里坐下，女人开始沏茶倒水，她一边忙着一边说，早就听三柱说起过我们这几个，是他从小到大的好伙伴。

江燕燕问："不是说三柱跟他舅舅在一起吗？"

女人说："开始几年是跟舅舅在一起干，如今舅舅年纪大了，今年初就回县城跟他的子女们过了，他子女都在县城工作，就留下三柱单独干了。"

我问："单独干？三柱会干？"我想象不出三柱会种田的样子。

女人把茶水递给我，笑了："三柱现在可是这一带的致富能人呢！种田养鸡养鸭养猪，样样会，还雇用了十几个民工帮着干，否则忙不过来的。"

李二摇着头，镜片后面的一双眼睛困惑地眨巴着，仿佛到目前为止他一直没有弄明白似的。我捧着茶杯喝着，耳朵却仔细听，脑子里那个憨厚的甚至有些木讷的三柱形象这一刻竟也模糊起来。

李二问："多大地啊？多大产业啊？还要雇用十几号人？"

女人说："现在一共三百多亩吧，其中水面养殖一百多亩，种植一百多亩，还有一百多亩。三柱正跟县农科所联合搞精优高效养殖，三柱说了，将来还要发展到上千亩呢！"

江燕燕瞪大眼睛叫起来："我的天哪，一千亩！这么说，三柱就是大地主了啊！"

女人还是那么笑着，但透着自豪了："这几年农村劳力都进城打工去了，自家土地没人种，租种又便宜，都是三柱他舅帮他流转租下来的,他舅过去可是这里的村主任。"

这时,院子外面响起拖拉机的马达声,女人嘀咕一声"他回来了",就跨出门去。

我们挤着跑到屋外,那个敦敦实实的三柱把一台又高又大的拖拉机直接开进了院子里,看见了我们,不等女人说什么,立即刹住车,火未熄就飞身跳下来,嚷道:"哦,哦,是你们啊……这难道是真的吗?——怪不得今天喜鹊叫了一早上啊!"

他扑过来跟我们紧紧拥抱在一起。我看见,三柱的眼眶里已经闪烁着泪花了,那张显然被日晒雨淋的胖乎乎的圆脸颊上,泛着干漆一样的红润,嘴巴张得大大的,好像被什么惊怔住了。

这个喜出望外的汉子,紧紧搂着我,这家伙壮实的身板和手臂的力量都让我暗暗吃惊不已……

那顿中饭在我的记忆里,是我们自中学毕业以后,吃得最美味可口、最酣畅淋漓的一顿饭。三柱打电话把村子里的大厨请来掌勺,他是个六十岁开外的老头儿,体态粗壮,精神饱满,进了门,见了谁都乐呵呵地有说有笑。三柱说,他可是这方圆百里红白喜事的首席大厨啊,做得一手地道的农家土菜,本色地道。

我早就注意到,我们还在客厅里闲聊的时候,三柱的女人就在院子里招呼伙计们忙着准备食材了。杀的鸡鸭鱼鳖都是在三柱的农场和鱼塘里现抓现捞的,蔬菜瓜果也是就地取材,就连米酒,也是三柱的女人自己酿的。不多时,从院子后面厨房的柴火大锅里,一股浓郁的炝炒煎炸的香气就飘荡过来。这香气越来越浓郁了,以至于我们的谈话都无法继续下去,于是进了院子里,一张露天中央的大桌上早已摆满了十盘八碟,那时刻我们早就饥肠辘辘了。我抬腕一看表,好家伙,已经是下午两点多钟了。

又香又甜的黄醇醇的米酒,从三柱臂弯里夹着的一只黑釉光亮的陶罐里倒出来,倒进四只蓝边大花瓷碗里,而随着米酒咕嘟咕嘟倒出,欢快的气氛仿佛也释放了出来。我迅速观察到,坐在一起的李二、江燕燕侧身对视了几眼,那一种惊喜似乎是彼此难以言表的。说实话,在这之前,我从未见过这种在乡村大院里的隆重得有些夸张的酒宴场面,更从未想象过,有一天这个场面的主人竟然是三柱。

三柱到这个时候好像又一次激动不已了,他的手颤抖着,仿佛把持不住,酒都泼洒出来,弄得桌沿上都是。酒斟好后,他一手端起酒碗,一手握住筷子指着满桌的菜,有点语无伦次地说:

"我亲爱的兄弟们,"他看到了江燕燕故意斜视过来的眼光,于是马上补充道,"不,还有我亲爱的姐姐(江燕燕这才笑了,还得意地晃了一下脑袋),今天就是大碗喝酒,大块吃肉!"

他首先一仰脖子就咕噜下一大碗,然后用手背迅速地揩着还残留着酒迹的嘴唇,又说:

"你们能来看望我,可是把我惊喜坏了!这么多的日子里,我好像就在等着这一天呢——今天不醉不罢休!"

没说的,我和李二都把一碗酒喝了下去,而江燕燕只是抿了一口,接着就埋头把桌上的每道菜都品尝了一遍,然后举起筷子宣布:"今天应该以吃菜为主,喝酒为辅,可不要让这些纯绿色纯生态的美味被辜负了。"

我和李二并没有响应她,而是重新举起斟满酒的酒碗,跟三柱的酒碗清脆地碰响一下。我们一连喝下了三碗。李二很激动,油亮亮的瘦削的嘴唇微微抽搐着。我知道,自见到三柱起他的心情就一直很复杂,既为他自己的处境,也是因为三柱的今昔变化,这当中的变故显然是一言难尽的。此刻,三柱毕竟是自己的发小,是一块儿长大的,如今和他在这种乡野的院落里团聚,李二显然有诸多感慨。

李二说:"三柱啊,实话说,从我大学毕业至今,这顿饭可能是我吃过的最美最痛快的一顿饭!这酒,也是我不期而遇的最美的酒,这人,"他深情地望着三柱,"我亲爱的三柱,我的兄弟,你才是这美中之美的源泉啊——"他像朗诵一样抑扬顿挫,又饱含深情。说罢,又仰头一饮而尽。

三柱红了脸,眼眶也湿润了,有点哽咽,说不出话来,最后只好喝完了酒,亮着空碗底给我们看,好像只有这样才能表达他的感动与谢意。

我本来也想说点什么,但李二似乎把要说的都说到了,也就只好将一碗米酒喝干。其间,江燕燕不为所动,也不参与,依然埋头于品尝桌上的各道美味。

三柱的女人没上酒桌来,捧着饭碗去房间一边看电视一边吃。那个帅气的司机小王也知趣地快速扒下一碗饭就去车里休息了。桌上就我们四人,一碗一碗地往肚子里灌着香甜的米酒。

日头慢慢往西偏了,但屋子里的人根本就忘记了时间。

三柱满头大汗,脸膛红润,他敞开了几乎湿透的衬衫,不住地撩起衣下摆像个地道的庄稼汉那样擦着脸上和额头上渗出的一层层汗粒。

"刚来乡下时,我心里又绝望又空虚,晚上也睡不着觉。我舅舅整天带着我在田间地头转悠,跟我从播种讲到收割,讲各种蔬菜的季节,讲家畜养殖的经验和规律。后来我就跟着他下地了,一天干下来,躺到床上就不想动了,腰酸背痛,浑身像散了架似的。那些日子里,我真的想过要逃回城里去,精神都快要崩溃了。"

三柱涨红着脸膛说,眼睛里晃动着当年的忧郁和苦痛。

"我舅舅看出了问题,他对我说:'你要回城就回吧,反正你本来就不是个乡下人。'舅舅当时的表情和话里,就是很看不起我的样子。我说'我不回城了,就在这里扎根了!'舅舅这才拍了我的肩膀,说'像个有出息的男人嘛!'我就这样坚持了下来。我告诉自己必须干出点儿名堂出来,咱读书不行,可是咱有的是力气,咱数理化不行,但至少种地的头脑也还是有的吧。现在看来,我当初的选择没错儿。"

江燕燕说:"你现在可是大地主了,三柱!跟我们说实话,一年下来能挣多少银子?"

这也是我当时想问的。

三柱愣了一下,眨巴着眼,望着天花板,像是在算计着。

"前几年都是投入,后来流转的土地越多,追加的投入就越大,我舅舅几乎把攒下的钱都投进去了,后来又帮我在农业银行和乡村合作社贷款了一百多万元——我算了算,从今年开始除去银行利息,我这三百多亩土地种植和养殖的收益应该在四十万元左右吧。"

我端起了酒碗向三柱敬酒:"看来,你真的是有钱的地主了!"

其实,那一刻我的内心是有一种酸楚,那四十万元何尝不是我所向往的呢?这些年东奔西走,究竟是为了那样的财富,还是别的什么?那财富在哪里?那别的什么又在哪里?

李二没发问,他的神情有些阴沉,手指上的烟头也微微抖动着。他会跟我一样在想着同样的问题吗?

江燕燕放下筷子,用纸巾揩着嘴角,看得出来,美味已经满足了她的胃。她小声问三柱:"你和那个叫范春花的媳妇是真的离了?如今这位,"她漂亮的眼睛往房间那边睃着,"是明媒正娶?"显然,她想的问题跟我们不一样。

三柱脸红了,是酒精红上增加的那种羞红。

"唉!那个范春花啊,是她死活要离的,我也没办法啊!她那时认为我完全疯了,不正常了,她是带着离婚协议书跑到乡下来找我的,就当着我舅舅的面对我说:'就是再没出息,也不能没出息到要做个乡巴佬啊!'——你想想看,这婚不离行吗?"

三柱往嘴里塞了一筷子菜,嚼着,低垂下眼光。

"现在这位小许,就是村子里的姑娘,也是高考落榜的,嫁给我之前在城里打了一年多工,也没挣到什么钱,回来后就给我做了帮手,我舅舅后来看出了意思,就撮合我俩把婚事办了。她人不错,不挑剔,也不太讲究,什么农活儿都能干,如今怀孕了我才不让她下地去。是个会过日子的好女人啊!"

这话倒使江燕燕的眼睛瞬间睁大了许多,先前她是眯着眼听着,好像是诊断一下是非似的,这会儿来了精神。她看了看身边的李二,又看了看我,好像在说:"如今的三柱也能鉴识女人了,这真是了不起的事呢!"她突然举起酒碗,站起身,用手捋了捋额头散落的秀发,语气严肃地说道:"三柱,就冲你最后那句话,我敬你一碗。我相信你是个会疼女人的好男人!"她一口喝干,亮着碗底给三柱看,三柱随即端起酒碗也一饮而尽,"不过,我要提醒你,你有钱了,日子好过了,可不要忘了范春花,不要忘了人家毕竟陪你生活过那一段艰难的日子——我相信你有这个良知!"

我看到,三柱眼眶又一次潮红了。他庄重地向江燕燕点了一下头,接着又把头垂下去。"我怎么会忘记她呢?"他哽咽道,身子也哆嗦了几下,"她其实是个要强的女人,心地也善良,就是不能接受我当农民……唉,也是没办法的事啊,只能说,我俩可能前世就没有那个缘分吧!也不明白为什么,她后来嫁给了一个中年老光棍儿,日子过得也不好。我年前进城找过她,想给她一些钱,但她死活不收——她还是那么要强,心气高……"

气氛一下子就因为三柱这番无人知晓却又苦痛难言的诉说而陷入了沉寂。

李二窘迫地看着三柱,欲言又止的样子。

我看了看江燕燕,话题是她引发的,我想知道她如何来收场。聪明的江燕燕可能也意识到在这个场合提到有关三柱前妻范春花的话题是多么不合时宜,她立即换了腔调:

"来来来,喝酒喝酒!三柱说过了,今天不醉不归噢!"……

这顿饭,由中午到晚上,一直吃到深夜。

我、李二、江燕燕都是浑身酒气、踉踉跄跄地爬进车里,连夜赶回城里的。进城时,我都看到了天际的晨曦。

那顿饭,我们谈到了许多事。

第十一章

在那顿饭的漫长过程中,记得江燕燕曾问过三柱是否知道胡子最近的情况,显得很随意的样子。三柱当时表情怪异地看着我们,一双眯眯小眼睛睁大了,好像惊诧于我们怎么会忘了胡子似的。

"他前天刚从我这里走啊——我还以为你们原先是见过面的呢。"三柱说,眼光扫了一下我和李二,最后看着江燕燕,"他回省城去了。

他现在在省城跟人合伙开办了一家贸易公司,叫小亚细亚什么的。"

江燕燕把脸一皱,声音也夸张起来:"就他——开贸易公司,还小亚细亚?!"

李二目光谨慎地盯着三柱:"他来你这里——就是看望你?"

三柱面呈难色,抓耳挠腮了一阵,眼光又扫了我们一遍。他这才明白有关胡子的情况我们其实一无所知。

"他是来找我借钱的,说他开公司缺本钱,其他合伙人的钱都到账了,向我借了十万元。"三柱说,脸色有些阴沉,好像这事是不能说出来的。

江燕燕马上发出"噢——噢——"声,摇晃着脑袋,挥了一下手:"他真是个混蛋——我就猜到会是这样!"她挥手摇臂的动作,表现出她失望透顶的心绪。

三柱用筷子拨弄着碗里的菜,蹙着眉头,半晌才说:"怎么说呢?我看他那个样子也是落魄得够呛。到我这里来时,灰头土脸、胡子拉碴的,连说话气都不直了。据他自己说,他先后把两个姑娘肚子搞大的事,最后都是靠花钱了结的,至于究竟花了多少钱,他死活不愿说,他只告诉我,他早就身无分文了。他说他混到这步田地,真是到了绝境。他在那所民办学校里也没法待下去了,这才跑到省城要跟人合伙开公司的。想想看,毕竟是发小,咱不帮他谁帮他呢?何况,我现在毕竟还算有帮他的这个能力。他还对我说了,他要东山再起,他这辈子可不能就这么完了!"

经三柱这么一说,我们谁都没有再接话茬儿。事实上,我们谁都不愿把自己对胡子的真实想法原原本本地说出来(当然包括胡子当年跑到珠海找我借钱消灾的事),即便是三柱做错了什么,我们也不愿公开指出,毕竟三柱已经把话说到了那个情分上了。

李二后来感喟了一句:"但愿胡子真的能东山再起!"这话像是专门说给三柱听的。

不想江燕燕立即顶了一句:"我就没有发现,他什么时候有过'东山'?——还'再起'呢!"看得出,她并不想为胡子掩饰什么。

三柱把酒碗端起,招呼大家喝酒,显然要结束这个话题,但是江燕燕多少还是有些愤愤不平。我听见她悄声对身边的李二说:"他怎么能狠心到三柱这里来打劫?那可都是人家从泥巴田里挣来的血汗钱啊!"……

在我们这个发小圈子里,若论及出身的贫寒与艰难,胡子无疑要排名第一。他在家中六个子女中排名老四,当年全靠他爸,一个老实巴交,甚至有些窝囊笨拙,但愤怒起来可以用钢条抽打孩子的锅炉工的微薄收入,养活一大家子。他妈是个乡下女人,文盲,勤俭节约了一辈子,靠缝缝补补、节衣缩食把孩子们拉扯长大。他们家唯一的大学生就是胡子。他的姐姐、哥哥全是下放插队知青,回城后生活也一直比较艰难,还有一弟一妹,后来也是各奔东西,靠给人打工过活。胡子从小精明算计,爱占小便宜,多少也是家庭生活贫困所迫,或者说,多少与他那个家庭环境有关。他后来那样迫切地渴望财富,出人头地,似乎也不难理解其初衷所在。只是,在我看来,那真正的财富好像总是与他隔着一段距离,而这段距离仿佛就是他的人生难以企及的最终高地。

胡子没有欺骗三柱,他确实借了十万元作为本钱跟人合伙开公司。那是一家名叫小亚细亚贸易股份有限公司的公司,经营水果、木材和土特产项目。所谓合伙人也是在酒桌上认识的,江湖上彼此都称兄道弟。给公司起这个名字,是胡子的功劳,他对合伙人说:"亚细亚,是古代腓尼基语,意为'东方日出之地',概念上就是亚洲之意。我们的公司就要像日出东方那样冉冉升起,等做大做强了,再把那个'小'字去掉,换成大亚细亚公司。"话说得有点气吞山河的意味。胡子投入的十万元股本仅仅是约定入伙的"门槛费",他也就是公司里最小的股东,无法掌管公司决策大权。经过董事会决定,他担任公司副总,负责销售业务。这当然不是胡子理想中的角色,但也只能如此。据胡子后来自己讲述,即便如此,他还是感到他人生真正新的一页从此翻开了。胡子暗暗地告诫过自己,要尽快得到他人生的"第一桶金"。那个时候的胡子对于回到体制内混个饭碗或谋个差事已经失去信心——"海阔凭鱼跃,天高任鸟飞",满世界的人都在开公司做老板,他胡子岂能坐失良机?好像一夜之间这世界那些闪烁着诱人光泽的金币,就哗哗响彻所有的大街小巷,仿佛只要谁愿意,谁都可以提着个木桶或铁桶或随便什么盆呀钵呀,去大街上捞个满满当当……

公司开张那几天,花天酒地,酒宴不断,因为有各色人等需要周全款待、细心打点。这既是面子,也是里子,更涉及长远利益。那几天里,梳着油亮亮的大背头、西装革履、气宇轩昂的副总经理胡子先生,与各位嘉宾频频举杯,觥筹交错,神采飞扬……

"这样的人生,怎么过去就没有想到呢?"胡子歪靠在硕大的办公桌后面柔软的皮椅里,一边不住地打着不胜酒力的饱嗝,喷出尚未消化的难闻的酒气,一边忍不住地想道,"我怎么就没有想到过自己给自己当老板?怎么就容忍了过去那样幼稚、卑微、屈辱的日子?"

胡子用牙签剔着牙,从皮椅上站起身,晃晃悠悠地走到窗前。夜晚的都市灯火辉煌,车水马龙,就像一恢宏喧闹的交响乐正在隆重上演,各色人等在炫目缤纷的灯光映照下,在绚丽嘈杂的声浪中正走上各自将要演出的舞台……胡子想起了当初在学校里当老师的那段灰暗的日子,也想起了当年中学时代痴迷文学的那些癫狂的日子——当然,与眼下扬眉吐气和精彩丰富的日子相比,它们立即就烟消云散了。

胡子曾经不止一次说过,那段日子全是崭新的、从未体验过的生活,而那段经历几乎颠覆了他过去所固守的一切,从说话举止、接人待物,包括观念和思维方式。也就是从那个时候起,胡子就一直标榜自己是"商业人士",而对于自己早期的教师生涯则讳莫如深。

第十二章

　　跟胡子的情形正相反,那个时候的我,处在人生低潮的迷茫期,就像深陷于一个始终走不出去的泥潭,在里面打滚翻腾,几乎看不到什么希望所在。我先后又在中山、顺德、佛山和广州工作过一段时间,短则半年或八个月,长则一年,都在私营企业,也在合资或外资企业就职过,基本都是文职岗位,负责公司的文案策划或担任办公行政秘书。之所以后来又辞职走人了,还是觉得环境不行,人格受挫,感觉压抑,当然最重要的原因是,收入也不理想。那样的收入,是让人无法规划未来的。我也想过去深圳闯一闯,试试运气,当然那就又会跟李二在一起了(李二就多次动员我去他那里谋个差事,他会帮忙的,甚至告诉我,工作总是会找到的,只是未必理想而已),但我最后放弃了(我一点也不想重复我们当年在海南的那些经历,尽管我可以选择不跟李二在一个单位里就职)。我后来又回到了珠海,在一家合资企业里就职,当行政助理,也还是机关办公的文案工作。不过,在珠三角一圈打工回来,我觉得自己有些爱上这座毗邻澳门的美丽的海滨城市了。其实,那个时候珠海已经有了我心里牵挂的人。

　　那次应李二之约回故里团聚,真正触动我的还是在乡下见到的三柱,还有跟三柱在农庄里一起吃的那顿饭——那个印象太美好也太深刻了。回到珠海后,我的脑际总是浮现出乡下的青山绿水、长势茂盛的庄稼、清新雅致的果园、那个怀孕的幸福的女人、那些健硕的狗儿、那一桌丰盛可口的美味、那一坛清洌甘甜的米酒,当然,还有那个强壮结实、笑容灿烂的三柱,以及总是在他的形象背景里出现的那片广阔而美妙的田园……

坦率地说,那一切都对我的心灵产生了强烈的冲击力。它使我突然觉得无法安心工作了,甚至无法认真思考了。那阵子我处理的文案经常出错,有时候错得离谱,文理不通事小,逻辑上都有些混乱。最近一次,香港老板终于发火了,把厚厚的一沓材料扔到地上:"你想不想干下去了?你要是不想,那就早点滚蛋,我另请高明。我早说过了,你要挣我的钱,那就要卖你的命!"

那几天的黄昏,我独自一人漫步街头。先是从石溪公园,到梅华西路,然后走到香洲区,从市政府又往拱北方向而去。后来,我在将军山公园的林荫道边的条椅上坐下来。我一支接一支地吸着烟,手里握着矿泉水瓶,每吸完一支烟,就喝上几口,直到口腔里没有了一点感觉。我反思自己从大学毕业以后所走过的人生旅途,我越来越怀疑自己眼下的苟活究竟意义何在……

天黑了下来后,我走进香江楼酒店。那是我这一生唯一一次几乎将自己灌醉的经历。我跟自己对酌,跟自己对话,也力图说服自己。在酒精尚未麻醉我之前,我不无悲伤地怀疑自己当初豪情壮志闯荡世界的激情、梦想以及那似火的青春、时常幻化出未来虚幻的憧憬,都已耗费殆尽,就像熊熊燃烧过的大火只剩下了湮灭的灰烬——回忆着这些年里自己的奔波和打拼,近似一个流浪儿四处乞讨的生活境况,像清晰的影片一样在脑海里闪现迭出……就这样,年华已逝,青春不再,而一事无成的绝望令我噬脐莫及——我为自己流下了可耻的泪水。

我忍不住对自己说:"你总算看清楚了你自己的真面目——你本来就是一只家雀,岂能自比鲲鹏,奢望九万里行程?何况精疲力竭,何况伤痕累累……"

我觉得,要跟自己漂泊动荡的日子作个告别了,不,是一种彻底的了断与结束。

那个时候,我唯一放不下的人是我的女朋友小青。我们相处有一年多了。

她是个东北女孩,比我小六岁。她大学一毕业就独自南下闯世界,先后跳槽了几家公司,目前在一家电脑公司里做公关。她天性活泼,有时候甚至疯疯癫癫,一副没心没肺的模样。我跟她的相识颇有一点戏剧性。那时沿海开放城市到处都在举办各种"成功学"的讲座和培训班,各色人等推出的形象广告上都是名满天下的"励志大师"级人物。周末无聊,我也报名参加了一个班,想知道如今似乎遍地可拾的"成功"窍门究竟在哪里,为什么偏偏我找不到。结果同桌的就是小青。跟我的状态相反,她听课认真,还做笔记,一板一眼,十分投入。

在班上,那种主讲人动不动就强词夺理地大声质问全场"是不是啊""对不对啊"的宣言式灌输很快就令我厌恶了。其实,那些所谓"成功学",大多是挂羊头卖狗肉,无限夸大某个成功案例,从中挖出的并不是人的智慧,而是人性的黑暗。

一天我在街头居然跟小青面对面地相遇,她首先认出了我,停下脚步就问我后来怎么没去听课,当时我们俩谁也不知道谁的名字,就用"哎"互相称呼。

"哎,你怎么突然就没人影儿了,玩失踪?"口气听着,好像过往我们挺熟似的。

"哎,那课没什么意思,就是所谓心灵鸡汤吧。"我说,心里想着下一句该说什么。

"哎,鸡汤没什么不好啊!总比没有鸡汤好吧?"她说,看着我。

她当时显得很兴奋的样子,两只纤巧的手按在斜挎的小皮包上,好像那里面藏有秘密宝贝似的。她跟我说话一点也没有陌生人见面的拘谨,好像我们已经很熟悉了。这让我心里挺受用,也对她有了初次接触的好感。其实在那个培训班,我一共只上了两个周末的课,跟这个认真学习的女孩几乎没有打过任何招呼。这第一次接触交流,她给我留下了很不一样的感觉,至少与我当年在大学认识或喜欢过的女孩不一样。我主动向她提出留下联系方式,她专注地看着我,并不显得吃惊,而是有点疑惑的样子:"你是真心的?"弄得我当场就红透了脸,但还是坚持说:"当然是真心的。"

后来,我请她吃了一顿饭。那时正是年底光景,异乡人都在形色匆匆地积极准备着返乡过年的计划。我至今还清晰地记得,那个时候在异乡人之间交流的话题都是诸如"你火车票买到了吗?""你的飞机票搞定了吗?""年货都准备得怎么样了?"一类。回乡过年,一下子变成了人生头等大事。小青问我是否打算回乡过年,我摇摇头,她问为什么,我说不为什么,她就哈哈大笑起来。"我能猜想到你为什么不愿回乡过年去,你信不信?"我摇头,觉得这女孩挺有趣,她有一双眸子很亮的眼睛,在她那张娇小玲珑的脸蛋上显得特别生动可爱。"你是因为没有女朋友带回家去吧?"我突然忍不住笑起来,笑得有些拘束而难堪。在当时我还真的没有如此认真地考虑过女朋友的问题,要是真的回到家里,父母当然会关心这个问题。她脸颊微微红了,为自己猜错了这个问题而略显窘态。片刻她又振奋起精神,用小巧的手指点了点我的脸,眼睛直直地看着我,似乎要从我的神态和眼神里发现真相。"这回我一定能猜中的,"她自信地说,"你是因为至今还没有混出个大出息来,觉得自己寒碜、憋屈,才不愿回去吧?"我没有摇头了,看着她那张圆润生动的脸,越发觉得眼前这个女孩可爱而有趣。"算不算我猜中了?"她拍起手掌追问着我。我只得说:"算是吧。"

接下来,她说出的话让我大吃一惊:"我有个建议,如果你愿意的话,反正你闲着也是闲着,我带你回我老家过年吧。"

"去谁的老家?"我差点从椅子上跳起来。

"当然是我的老家了。你就假装是我的男朋友——我的父母可着急呢!不会让你白去的,路费算我的,你只要大年三十晚上扮演好男朋友的角色,初一一早就找个理由回来,一切就OK了!"她说得轻松自然,显然她心里是盘算好了这个计划的。

小青的老家在吉林九台的一个大村子里。她是家里的老幺,上面两个哥哥都已成家立业,家境殷实。哥儿俩都生得身板健壮、孔武有力,且为人热情爽直。按照小青事先对我的要求,我对小青的父母虚报了年龄,也就是减少了四岁。

大年三十晚上,热热闹闹一大家子十口人,老老少少围在大炕上吃年饭。小青母亲不住地往我的碗里搛着菜,碗里堆得满满当当。这个脸膛饱满、额头光洁、目光慈祥的老妇人自打见了我,几乎一刻不停在我的浑身上下搜索着什么,就像是要验证我是否是她失散多年的儿子似的。小青的两个哥哥就灌我酒,一轮又一轮,话里话外,几乎把我当成了真正的妹夫,一家人了,也就是哥们兄弟了。后来还是小青母亲阻止了他们,然后她老人家就一直拉着我的手,长一句短一句地把我的家庭和个人成长史问了个底朝天(我向老人说得实打实,没编一句瞎话)。小青和两个嫂子及侄女侄子坐在另一面,她变得像个局外人似的,几乎对我不管不问,倒是跟她的两个嫂子絮叨个没完,时不时地咯咯哈哈地笑上一阵。小青父亲,一个头发斑白、满脸皱纹、手掌粗糙的老汉,只顾着埋头喝酒吃菜,特别是那热腾腾的饺子,一个接着一个,吃不够似的,也从不多话,而他那张沧桑多皱的脸上却始终挂着那种善良而欢心的笑意——看得出,对于我这个其实是冒充的未来姑爷,他内心是满意的。我记得,当小青母亲了解到我大学毕业后就一直在外打工,而没有按当初的国家分配到政府部门工作时,她老人家就流露出遗憾的语气:"孩子,这可是不好的,你还是应该去政府工作的。当公家人好啊,有保障啊,那才是长远之计呢!你想想,将来你跟青儿过日子,你俩都在私人老板那里打工,这能保险吗?说到底,还是得找政府当靠山啊!"小青这时在对面冲我挤眉弄眼,显然要求我别多话,沉住气,然后又忍不住掩嘴窃笑,得意不已的样子。我想,她当时一定是看到了我满面羞涩、欲辩无言、尴尬而狼狈的模样吧。尽管如此,我还是感到自己过了一个愉快而幸福的年。凌晨守岁时,小青一大家子人全挤到门前,放响了鞭炮,接着,燃着的烟花呼啸着飞向空中,姹紫嫣红,如同白昼,大人孩子们都欢呼着"过年了,过年了"……我突然想到了自己远在江南小城的父母,想到这一刻他们思儿的心切与悲伤,我顿时就潸然泪下,忙不迭地抽身躲进了屋子里,再也没有出来了——我为自己的苟活而悲哀,也为自己的随波逐流而无奈,更为自己的"艳遇"而羞愧……

  翌日一早,也就是大年初一,我就谎称公司有急事必须赶回去(这是我跟小青事前说好的方案),一大家子人都来送我。昨夜下了薄薄一层雪,村口路面上一片耀眼的洁白,树枝上也挂着冰花。几只又肥又大的狗儿又蹦又跳地也跑过来凑热闹。小青母亲一直紧紧抓着我的手,要我保证今后对小青好,不能三心二意,当个男人就要负起责任来。最后她老人家还希望我要考虑进政府部门工作的事,她一再嘱咐我这是大事,关系到将来跟小青过日子,云云。站在旁边的小青就偷偷笑,这时候也沉不住气了,她上前一把将她母亲抓着我的手掰开,对她母亲说:"妈,你可别那么认真啊!他只是我刚刚交上的男朋友,我们还了解得不深呢——不是你们催着要见,我还不带他回来呢。"……

跟小青这一年多的交往,回忆起来,是我那种暗淡生活里唯一值得回味的亮点。那些周末和节假日,我们一同去过广州、东莞、佛山、顺德、中山、深圳游玩,几乎跑遍了珠江三角洲。记得在深圳那夜,李二请客,后来又请我们去了歌厅又唱又跳地热闹到下半夜才归。后来我带着小青还一同去过澳门,在葡京大酒店的角子机上赢过三千多块港币。我们之间像恋人却又不像是那么回事儿,因为我知道她身边还有别的男朋友——至于是不是那种意义上的男朋友,她从来都是语焉不详,似乎在我们彼此没有正式明确恋爱关系之前,她的个人情感和自由并不受到约束。我们之间其实更像是兄妹关系,我像个大哥那样照应着她呵护着她,她也表现得理应如此这般,并不觉得有任何愧疚。我曾多次试着谈到将来的婚姻和家庭,她总显得不以为然,她甚至对我说过:"那还早着呢!结婚?跟谁?跟你?——房子呢?住大街上?租个房子结婚,那将来还要生个孩子,那日子能过吗?"仿佛这是在评说别人的事情。

她往往显得漫不经心,似乎没有什么值得烦恼忧愁的,一副大大咧咧的样子。其实我知道她骨子里是非常务实而功利的,甚至可以说,她对社会现象的是非评定和价值判断,都清晰明了,往往一针见血。这一点常常让我暗自惊异。随着时间推移,我总算意识到,她之所以迟迟不能明确我们之间的关系,可能正因为我并不是她追求的婚姻伴侣的理想人选,或者说,我不在她婚姻选择的范围内,至少眼下这个阶段,她还不能跟我公开谈婚论嫁——就是说,我对于我们之间的恋情能否走向婚姻并无确切的把握。

到了这个时候,我觉得我们彼此还是早点摊牌的好。于是那个周末,我把她约到了我们常去的那个海边风景秀丽的香炉湾畔,望着那尊矗立在海中巨石上的珠海渔女雕像,我把自己的想法和打算告诉了她,她竟然咯咯笑起来,以为我是开玩笑,根本就没有当真。她笑了一阵,就把两张下个周末美国好莱坞大片《蜘蛛侠》的电影票,从小挎包里抽出来,在我面前晃动着。她的样子显得调皮可爱。最后一抹晚霞闪烁在她那双晶莹美丽的眼中。

我说:"你约别的朋友看吧,我给公司提交了辞职报告,明天就不用上班了。"

她脸上的笑容收敛了,瞪眼看着我,突然伸过手来在我的额头上摸了摸:"你不是发烧了吧?……"

我不想再看着她那张黯淡了、愠怒了的面容,转而望着光影灿烂的海中那尊渔女雕像——那是一副喜悦而略带羞涩的笑容。那笑容是理解我、温暖我的。

"我不想再这么混下去了!"我说,"这些年里,我的内心早已疲倦……我是被我自己的失败打倒的。"我觉得自己的心很痛,呼吸很重,视线也在渐渐模糊,海面上几乎什么也没有了。

她沉默了一会,突然责问起我来:"这些话,过去怎么从没说过,你?!你不是说过,还要再坚持几年,甚至还说过要在珠海或广州买下一套房子,还说到了那时,你甚至还想谋划自己也开个公司……"

我的脸颊发烫了,这烫的感觉比眼泪更让人觉得耻辱。我赶紧垂下头——现在看来,那些话当时可能就是为了欺骗她。

我调整了情绪,抹了一把眼眶,对她说:"小青,我知道我不是你理想中的那种男人,我为自己没能得到你的爱情而愧疚……希望你能理解我,如果你对我……"

我后面的话,她根本就不愿再听下去了,她扭头就走,我一连喊了几声"小青!小青!",她也没有停下或转回身来。

我看到,她的背影在一阵阵抽搐,脚步有些踉跄,我知道她在哭。其实,那一刻我的心成了碎片,成了空白……

我当然不会想到,这天夜里小青会来到我的出租屋。她要跟我作最后的告别。

当时我刚刚把行李铺盖都捆扎好,摆在狭小的挤得满满当当的屋子里。我坐在床边上想着,我当初离开家乡要去读大学那会儿,不也是这番景象吗?东西就摆在同样狭小拥挤的屋子里,一堆一堆的(还是父亲帮我捆扎起来的),就像要去流落天涯似的。而那时候的心情却完全不一样,因为那是准备去追梦的,那个梦不仅美好,而且有着巨大而诱惑的前景可期。可是现在,鸣锣收兵了,要打道回府了,还带着耻辱、羞愧，也带着身体的疲惫和心灵的沧桑！我突然觉得这些年如恍惚一梦，在一个好像注定循环的、归宿一般不可逃脱的怪圈里打着转儿——否则，怎么会在这么多年后，又会出现这样一番类似于将要流落天涯的情形呢？

小青走进来时，我完全惊怔了。我看见，她的双眼居然是红肿的，而且是那种刚刚哭过后的红肿，脸庞都有些肿胀，头发也是乱的，嘴唇也噘着，像一个大孩子在外面受了委屈终于回到家里似的。她首先默默地走到我的床边坐下，就挨在我的身边。那一刻，我几乎听得到她急促的呼吸声，一长一短的，像是肺里面循环接气都有些困难似的。她手上捏着手绢，不住地擦一下眼睛、鼻子和嘴唇，显然那都是泪水惹的祸，她需要不断地处理一下。看得出，她依然处在某种难以自拔的情感伤痛中。

屋子里一下子变得静寂下来，似乎是因为突然来了这么一个人才变得如此静寂。我的身子也骤然变得僵硬了，仿佛是身边有了小青才变得如此僵硬——其实，当时我的脑子乱急了，根本没有想到小青会突然出现，而且不知道她究竟为何而来。我一动不动，就像是被下了魔咒。

不知过了多久，小青才说："我想了很久，我觉得……还是对不起你……我让你……为我受过委屈……你一直都像个大哥那样呵护我……"

我的脑子嗡嗡响着，如此静寂的环境里，却觉得听力很弱了。尽管如此,我依然理解她说的意思——她是要感激我曾经冒充她的男朋友在她的老家过大年时替她扮演了"准女婿"的角色(那其实也是一次"历险"般的艰难任务啊),她还要感激我这一年多里对她的关爱——就像亲大哥一样地呵护着她……现在,这个大哥就要离去了(尽管是失败地离去),从此天涯海角,从此也就形同陌路。

我的眼泪随之也控制不住地流下来,我的无力之感几乎要把我化为灰烬。

一个男人,懦弱之如此,失败之这般,此刻,他除了流泪,他还能做什么?

后来,我就那么一直僵硬地坐着,其实是在床沿上佝偻着身体没有动弹。我不住地交搓着双手,掌心被汗水湿润。我从来没有感觉过,时光是那样漫长而令人难以忍受,又是那样脆弱而令人不敢触碰……后来,我听见了衣衫的窸窸窣窣声,接着床上的被褥也好像铺展了开来。在这个过程里,屋子里变得更加寂静了,当那种呼呼的有节奏的铺开被褥的声音消停后,这屋子里竟然寂静得一点儿声息也没有了——那些曾经捣蛋的老鼠都去哪儿了?还有灯熄后四处横行的甚至弄出了声响的蟑螂又去了哪里呢?还有那些我叫不出名字的几乎是不分季节每晚都要叫上几声的虫子呢?它们好像都商量好了似的在这一刻停止了活动,就是不闹出一点声息来。

终于,小青那一双白皙的手臂将我向后拉倒在床上,接着她弹性十足的躯体就压过来,很快,也就瞬间吧,她热烈而潮湿的唇狂吻上了我麻木的脸、唇、腮——她的动作显得那么疯狂而迫切,像是急于完成某种使命似的。后来,她开始剥去我的外套、衬衣……在这个过程中,她几乎是不容我半点儿抗拒似的……后来是我的裤子——我当然不知道在这之前,她早就把自己脱光了,就像准备好要献身的烈女一般。当我冰凉的身体终于接触她那具滚烫的身体时,我才终于意识到小青是来真的了,是真的要跟我告别了,无论那是身体上的还是精神上的,她都要无所顾忌地实现它,就在当下,就在此刻……

我们做了一次又一次……

在天色拂晓时,我们又做了一次,仿佛这是世界末日一般。

我记得,我自始至终都没有说一句话,甚至连应该有的声音也没有发出一次——不,是觉得在那个时刻说话,或者发声,都是没有意义的——但我依然清晰地记得,我们做完最后一次后,竟然都哭了,哭得那样伤心而委屈,哭得那样无辜而又幸福,尽管一切几乎都无可挽回……

第十三章

终于回到了故里小城的家中,我的父母高兴坏了。他们原以为这辈子,我这个不孝之子已不可能再回到他们身边,为他们尽孝送终,让他们颐养天年——其实,这些年里,他们对我的殷殷告诫和嘱托,可以用车载斗量来形容,但我依然故我,我行我素,好像真的像是"壮士一去兮不复还"了,到头来怎么会像一只走投无路的"倦鸟"一样又回来了,而且,回来得如此突然而现实?!

直到这个时候,在我已经分别将江燕燕、陶冶、胡子、李二、三柱的家庭情况及其背景介绍完,我才愿意说到我自己——之所以最后说,是因为我的"特殊性"。我是家中唯一的孩子,而且,我从小到大(指中学毕业前)所受到的关爱呵护,是他们不可比拟的——当然,除了江燕燕。据我妈说,这个家庭最初是准备"丁克"一世的,后来,因为世俗压力大,爸爸就准备抱养一个孩子,也就是从我大伯家过继一个女孩,但我妈坚决反对。我妈当时的态度是:"要么自己生一个,要么就绝户,就是将来天打五雷轰也认了!"就这样,日子一天一天过去,年龄在一天一天增长——那个时候,我的爸妈并不相信科学,不相信所谓医学的或是世俗的结论。事实上,他们也从来没有去过医院做过这方面的检查(他们觉得那样做是很丢人的事情),也就是他们夫妻俩对各自能不能生育并没有最后的结论——然而,他们却坚持相信,能不能有一个孩子,能不能延续祖宗香火,完全是由神灵掌握的,或者说,是祖上积德与否所决定的,这事并不在人为。毫无疑问,那段难堪而痛苦的日子里,我的爸爸妈妈,一定会为自己的祖上是否积德而争执过,甚至严重地冲突过。然而,真正感到压力的还是我妈。后来,听我爸说,我妈自从知道可能绝后后,就把烧香拜佛作为第一功课了,而且从来不曾间断。那时候,小城的南山寺早已没有了昔日的香火,几尊佛像也被砸得不成样子,但她每天早晚都去朝觐膜拜,从不间断,也不管别人会说些什么,完全不像一个有家室的妇人。她后来说:"老天是有眼的,老菩萨是心慈的,她要赐给我一个儿子是早就有安排的!"当她终于怀上了我之后,她感激得几乎到了疯癫的程度——她生怕得罪了关照了她的任何一个神灵,不仅向祖宗、向神灵、向佛陀、向一切冥冥之中不可掌握的主宰祷告谢恩,而且向他们保证,她将感恩一辈子,坚决不做任何有违于神灵的事情,而且永远一心向善!——那都是在我尚未来到人世的时光里发生的,但我可以想见,我妈因为我的到来而充满无尽的感激。为这个生命的主宰,她不仅可以肝脑涂地,而且会永世感恩!

我当然记得,从童年到少年,我被邻居及小伙伴们私下称为"惯宝宝儿",是惹不得也碰不得的主儿。小时候我的脑袋后面留着一缕长长的头发,是从胎发就留下的,长到可以梳成一条辫子,直到小学毕业时才被我强行剪掉。我很小的时候就听不得别人叫我"惯宝宝儿",谁这样叫了我就记恨谁。后来谁当面这样叫了我,我会愤怒地冲上去,甚至不惜打上一架——我就因为胡子、三柱小时候这么公开地叫过我"惯宝宝儿"而跟他们打过架,即使结果是我被打得鼻青眼肿也在所不惜。我一直以为他们那么叫我就是贬低我、小看我,甚至是羞辱我。由于我的坚决抵制和反对,等我上初中以后,几乎没有人敢公开叫我"惯宝宝儿"了。而且,在我这拨发小圈子里,关于我小时候有一个

"惯宝宝儿"的称谓,几乎也是一个不公开的禁忌。长大后,特别是大学毕业后,我那么想脱离家庭,从父母溺爱的氛围里解脱出来,从而成为一个真正意义上独闯天涯的男子汉,或多或少也与我这样的成长环境有关。只是后来,我从江湖飘零的艰辛经历中深刻地体会到,只有家庭的那种温情才是我生命真正需要的慰藉。

我疲惫不堪地回到家里,把铺盖卷和包裹扔在堂屋的地上,一屁股躺到沙发上时,我的爸妈木愣愣地站在走廊过道上——我爸手里还捧着那把早已包浆黑亮的紫砂壶,微微哆嗦着,眼睛直眨巴着,紧张不安的样子;我妈是要拿暖瓶去厨房灌开水的,她一见是我,就惊怔住了,眼睛也随之睁得大大的——他们一句话也说不出来。那是晌午后的时光。

我说:"我回来了,再也不出去了。"

他们依然没有说话,但我看见,他们已经在流着眼泪了……

晚饭的时候,我妈说:"人家儿子三十而立,我儿子三十才懂事,知道回到父母身边尽孝心了,可不像李二那孩子(李二那个时候在我爸妈眼里,几乎成了反面教材,我妈甚至一度认为我就是跟着李二才学坏、学野的)……"

我爸倒没说什么,尽管当初他也竭力反对我离家闯荡,尤其反对我放弃政府分配的工作。

"浪子回头金不换。"他半晌才说这么一句,继续自斟自饮。

我是浪子吗?这话我没说,但我还是能品味出父亲说出"浪子"一词的意味。

我说："不走了，就伴在您二老身边。"

我爸这才给我杯子里倒上酒，目光却盯着酒杯说："不要急着表态，你的人生还是你自己做主，我跟你妈也懒得管。"

我妈当即接了句："是想管也管不了！"

事实上，在江湖上混了七年多，如此狼狈地返回家来，他们不责骂我，就已经让我内心很感激了。我爸凭着读过几年私塾的底子，被招工进城，一直在小城的职工子弟小学里当语文老师，直到退休；而文盲出身的我妈，从乡下进城后就一直在街道负责卫生保洁工作（那时候叫家属工），她的文化普及也全赖父亲的循循善诱和日常教导。他们中年才得子，从小就对我寄予厚望，关心我的成长成才，甚至希望我关心国家大事，将来光宗耀祖，出人头地。然而，对于任何出格的想法和不按他们意志的行为——比如，对于我当初不遵照国家分配去向工作而擅自决定闯海南自谋生计——他们坚决持反对态度。这种事在他们看来，是根本不用商量的。错就是错，这错就是明摆着的。我很早就意识到了，在他们骨子里，那种传统意义上的保守历久弥坚，甚至坚不可摧。他们反对的、不赞成的，经过了岁月几番淘洗过滤，他们依旧是反对的、不赞成的，甚至更加坚定了；而所谓妥协，那也只是态度上和情感上的缓解而已。

七年多时光对我来说恍若一梦，但身边的爸妈却明显苍老了许多。我爸那张清瘦干枯的脸，更加瘦小而多皱，下颌处垂挂着松垮垮的皮囊,看不见那突出的喉结了,眉头也稀疏得只剩下凸显的坚硬的眉骨。只有他下颏那一缕稀疏斑白的山羊胡须依然倔强地飘逸着,显出与岁月在进行持续的抗争;另外,也只有他那双饱经沧桑的眼睛,依然光泽明亮,显现着他一辈子爱动脑筋、勤于思考的活力尚存。我妈也老了,曾经一头乌亮的头发也夹杂了许多银丝,眼角鱼尾纹不笑的时候也堆积在那里,皮肤变得粗糙而松弛。她要是不告诉我,我绝对不会知道,她居然上下门牙都是镶上的假牙。她对我笑眯眯地说着,就那么张大着嘴巴亮给我看,我当场就哽咽了一下,移开视线,心头酸胀了很长一阵。

记得当年,也就是我第二次高考终于中榜后,一时间街坊邻里都改变了态度,与我第一次高考落榜时大相径庭,又是大学生了又是高才生了什么的,一时间赞誉四起,好不热闹。那一阵子,我这个宝贝儿子让他们多么喜悦而荣光啊!邻居们就当着他们面说,你们家这小子将来前途无量,这小子打小就看出有大出息……那时候我爸首先把激动不已的我妈拉到身后,也就是不让她先说话——她的话,永远是感激感谢之类——然后他挺在众人面前,一手捋着下颏那一缕稀疏斑白的山羊胡须,微眯着深陷多皱的眼睛(眼睛里满是泪水),一手大幅度地摆动着,示意大家别那么说了,然后他声音缓缓地也是硬硬地说道:

"谬赞了,谬赞了!犬子是否出息尚不可定论,一切都为时尚早,为时尚早!"

他那只摆动在众人面前的干枯的手,那一刻抖动得非常厉害……

回到故里小城,对我来说意味着一切将从零开始——无论这个零之前发生过什么。

我首先想到要去找的人就是陶冶。他那时已是市委副秘书长兼市委办主任了。在那座威严气派的高楼大厦九层的一间宽大的办公室里,我的突然出现让陶冶惊异不已,他眼睛忽闪忽闪地看着我,半天僵坐在办公桌前没动弹一下。气氛一下子显得僵持而怪异。

"哦,哦,这是什么情况啊?"半响,他才慢条斯理地站起身,眼神明亮地上下打量我,双手下意识地搓着,好像面临着一件棘手事情,"你这是从哪里冒出来的?"他大声问,语气里含着抑制不住的兴奋和惊喜。

我回来之前并没有告诉他任何消息。

其实,自从毕业以后我们之间就很少互通消息。当然,陶冶也是很少主动联系谁,他似乎跟我们这个发小圈子里的任何人都保持着一定的距离,而他的高明之处在于,谁也看不出他对谁亲对谁疏。真的很奇怪,陶冶自进入官场后,我就越来越觉得此陶冶已非彼陶冶了,见了面一看,尽管还是那个陶冶,可是听了说话和观察了举止,又觉得不是了,当年那个陶冶像个影子似的始终躲藏在面前这个人的背后,再也没有了以往的声息。我当然不知道这究竟是怎样一番历练与锻造所成就的结果,但你不得不承认,如今的陶冶就是沉稳淡定,就是处变不惊,就是安之若素,甚至不动声色。

他给我沏了茶放在茶几上,又从抽屉里掏出中华香烟,我说不抽,他笑笑,又把香烟塞回抽屉里。我没有烟瘾,偶尔抽抽,也是应付场面的。他把办公桌边的藤椅拉过来,坐下,跟坐在沙发上的我形成对面。接下来我们又寒暄了几句,然后我就说明了自己的来意。当我说到需要尽快找份工作安顿下来时,他蹙锁了眉头,透过镜片,那目光是疑惑的。

办公室里奇怪地静默下来。

他淡淡地自嘲似的笑起来,这笑我是熟悉的,看上去随和而亲切。

"不是开玩笑吧?"他说,手里抓起办公桌上的一支铅笔比画着,"我可是还记得,当初你们鼓动我也一起出去闯时,你和李二可是说过好马不吃回头草,大丈夫志在四方什么的,有这回事吧?"我低下头,不愿看到他嘲讽的眼神。"我可是不为所动,因为我知道,我没有你们那样的勇气和决心,也没你们那样远大的理想和抱负,就像李二当年说的——理想在激励着他,缪斯女神在召唤着他,他可以为之赴汤蹈火!——我说过什么来着?"他望着天花板,一副回忆的样子,"我记得说过,我就是个蜗牛,永远没有赶超,没有突破,我这种人只能随遇而安,国家分配到哪里就在哪里生根。可是现在,你说你回来了,我能相信这是真的吗?还有,李二也说要回来吗?我怎么从没听说过,你们居然要回到小城来的消息?"

我心里有些恼怒了,觉得他的这通话又尖又酸,甚至别有用意。"不就是今非昔比了,手握权柄了,是个人物了,犯得着拿过去来说事吗?"这是我心里想说的,嘴上却忍下了,摇晃着脑袋,甚至有些后悔贸然跟他见面。

他眼光直直地望着我,脸上依然挂着那种自嘲似的笑意。

"你听不惯我说这些吧?"他突然问。

我如实点点头。"确实听不惯,太听不惯了!"我说,并当场纠正他,"你不要把李二跟我绑在一块说事,李二可没说他要回来;我是个失败者,我厌倦了在外面飘荡的日子。至于李二,我想他可能根本就没有考虑过要回来的事。"

"好吧,我收回我刚才说的话。"陶冶哈哈笑着,就像是故意跟我开了一个玩笑。他从藤椅上站起,走过来,一屁股重重坐到沙发上,紧挨着我,一条手臂亲昵地搭上我的肩膀,笑着说:"你这个家伙,人都落魄了,可心气一点儿没落下啊!这样不好,回到内地来,就要学会夹着尾巴做人。尽管是家乡小城,但生存的道理是一样的,甚至可能更苛刻些。"

他的言谈无不透着兄长、领导的居高临下又语重心长的意味。

当天晚上陶冶请我吃饭,他原打算把江燕燕、三柱、胡子都召集来的,还说胡子能不能约到他没有把握,被我劝止了。我回来的事谁也没有事先告知,因此我暂时也不想惊动他们,我想先平静一段时间再说。之所以首先找上陶冶,是因为要解决生计的问题,我不能让爸妈误以为我回家来就是要变成啃老族。陶冶笑着说他理解。

既然只有两个人吃饭,陶冶就在附近街道的一条巷子里找了一家生意火热的小饭店。老板是个中年妇女，跟陶冶很熟，一见陶冶，立马眉开眼笑地秘书长长秘书长短地叫着，声音颤颤的，油腻腻的脸都涨红了，显然陶秘书长大驾光临小店让她既紧张又兴奋。陶冶赶紧上前制止她，我听见他对那个肥胖的女老板咬耳道："是我的老同学，就两人。"女老板浮肿的眼睛一亮，随即点头表示明白，转身就去后面的厨房了。陶冶转过脸来对我说："以往经常加班写材料，就在她这里订盒饭，或来打个尖什么的，所以是老相识。"好像他不这样对我解释一下，我就会乱猜疑似的。

几杯酒下肚后，我对陶冶如实讲述了这些年的经历和感受。

除了与李二一起度过的海南经历和在珠海卖家用电子秤的经历外，我还先后在不同的公司里担任过办公室助理、策划部经理和广告文案部主任等。这些经历给我的感触是，希望总在前方，但希望从来就不为自己所掌握，或者说，希望只是希望，从来也不取决于自己的意志。因此，不仅仅是工作压力，而且是精神上的一次次的屈服，屈服于失败和对自尊心的打击。面对责难，甚至是无端的歇斯底里的发泄，从放弃自我尊严的那一刻起，我就开始怀疑这不是我所要选择的人生，哪怕它最后迎接我的是我渴望的成功。

小饭店里的嘈杂声始终没有间断。我说得有些心伤，甚至有些像忆苦思甜一般。在那样的日子里煎熬，我依稀尚存一线希望：可能出头的日子翻过这一页就将来临，但是……直到有一天，我忽然发现我周围出现的都是更加年轻朝气、更加生机勃勃的面孔，他们青春洋溢，活泼大胆，思维超前，精力充沛，在他们眼里，他们似乎无所不能……而同时，他们也明显地表现出了对我们这代人——当年所谓"天之骄子"的那种潜在的蔑视和态度上的轻慢，尽管这种蔑视和轻慢常常是掩藏在虚伪的和不情愿的礼貌谦虚和尊重之下。他们并不情愿也从不主动带上我一起做项目或研讨某个方案，说白了，他们从来就不情愿带我玩！我的经历和经验似乎只是成为我之所以是我的背景而已。我不能不承认，我的退缩也是万般无奈的——除了我对自身能力和精力的无奈的失望外，是他们，这些更年轻的一代，才最终使我意识到，我们的时代似乎已经过去了，我们似乎已不再可能勇立潮头，挥斥方遒，指点江山！无法解释为何这个世界会变化如此之快，无法解释为何一切会如此转瞬即逝，失去的已经永远失去！我就是在这样的心境下才决定回来的。

陶冶几乎一言不发，深沉地锁着眉聆听，好像始终在鉴定着事件的真伪，偶尔又略带思考地点头，表示他是理解的。他自始至终都没有表现出对我如今的选择的肯定，每当我停顿下来，他就斟酒，劝菜，然后端起酒杯，也只说一个字："喝。"

我事后想过，那一天跟陶冶的对酌可能是酒精的作用，否则我不会说出这些。事实上，除了当时的陶冶，我对任何人都不曾说过这些，因为那是我的心痛，还有羞愧和耻辱……

陶冶最后才问到我有关李二的情况。我如实告诉他，李二与我的联系并不密切，或者说，越来越不密切了，我们彼此似乎都在忙于无须沟通和交流的事情;据我判断,他过得并不如意。另外,我决定回来的事并没有事先告诉李二,如果李二知道了,他一定会持反对的态度。

我说的是实情,李二后来得知我回来后,就给我家里打了电话。那天已是深夜,我们在电话里聊了一个多钟头,直到我妈起床来威胁要拔了电话线才终止,后来李二又给我写了一封长信。一句话,他认为"我是个懦夫""是个半途而废的假理想主义者""意志力和抗压力都十分有限""没有持续的坚持的力量""人生的怀疑论者""认识平庸,了解平庸,却最终甘于选择平庸"……

那个时候,我已失去了与人辩驳的任何兴趣,即使是为自己辩解,何况是跟李二去理论什么平庸精彩、人生成败呢。

第十四章

实际上,当时李二的境况,比我想象的更加糟糕。

他年初就从那家企业报社跳槽了,也就是说,从年初以来他一直处于失业状态。说跳槽似乎是一种主动行为,颇有尊严,其实是那家企业报社由周报变成了月报,而且不再刊登任何文艺作品,几乎成了企业各类文件的汇编,报社也不再设专人编刊,由总裁办的文秘部兼办,这样一来,李二就等于是被解聘离职的。好在人家提前告知了他这一变故,于是他才提交了辞呈,算是挽回了那点面子。

从那以后,在深圳的街头,在熙熙攘攘的人流中,在各处招聘的公示栏前,在一幢幢写字楼办公区域间,就多了一个形容憔悴、目光焦虑的年轻人穿梭奔波的身影。后来,这个年轻人又在广州、佛山、东莞等地奔波往返,只是为自己落实一个可以胜任的工作,说穿了,就是落实一个"饭碗"而已。再后来,他把自己关在深圳那间狭小的出租屋里写诗,疯狂地写,到处寄发,有邮箱地址的就发电子邮件,没有邮箱地址的就直接邮寄到编辑部——从国刊到省刊、市刊,甚至县区一级文学刊物——在当时,对他来说,诗歌发表的真正意义已不是诗歌本身,而是希望得到可以糊口的可怜巴巴的稿费,因为只有稿费才能支付他的一日三餐,而一日三餐到后来减为一日两餐,甚至一日一餐。其实,在他把有限的积蓄花销殆尽后,稿费不仅要糊口,还要支付他的房租,支付他的其他生活之必需,比如水电气费、香烟和简单的洗漱用品。

那是一段黑暗的煎熬而挣扎的日子。

然而,这个变得憔悴不堪的年轻人,却没有向任何一位亲朋好友祈求援手,甚至一点也没有向任何人透露他眼下的窘境。他默默承受着他自己的选择所带来的这一切。他从来都坚信天无绝人之路,并且自认为他那作为财富贮藏的才华依然强大,而且丰厚和充沛,只是一直没有得到这个越来越物质的世界的赏识和挖掘而已。他搜集并关心着各类报纸、杂志上的招聘启事,更留心着文学类刊物上所刊登的各类诗歌大赛启事。至于冠什么名头、评委是某某大家或名流什么的,他已不再关心,他更关心的是诗歌大赛奖金的数额。一批又一批青灯相伴、长夜苦熬、呕心沥血的诗作投寄出去,而能够发表出来的寥寥无几,稿费更是与实际所需相差甚远。但他依然在坚持着。他那个时候完全像一个孤独的战士一样,没有战场,敌人就是他自己。

功夫不负有心人,他终于又获奖了,是一个冠名"金圣杯"诗歌大赛的二等奖,奖金三千元。他已经不再比较或评断第一名的诗作与自己的作品孰优孰劣,在表现形式、结构层次、意境开拓、实指隐喻等等这些他过去非常较真的艺术水准方面高低之比较,他统统都忽略不计了,他现在唯一关心的就是奖金的尽快落实。从得到获奖通知的那一刻起,他就在等待,不,是焦急地盼着这笔奖金的到来,他甚至都盘算好了三千元如何花销:房租一千八百元(房东已经催逼几次了),简装方便面两箱,香烟(中低档)一条,还要添置一两件新衬衣和短裤……

一个月过去了,三个月过去了,他忍不住给大赛组委会打去电话,对方竟告诉他:奖金早就汇出了。于是,他就从街道邮局一直查询到市局,但也没有查询到任何有关他那笔三千元奖金汇款的线索,最后他决定上门去核实一下。他当然不会知道,那是一次一家名叫金圣有限公司的做木地板生意的民营老板赞助十万元冠名费,以诗歌大赛名义推广企业社会形象的宣传策划活动,除去广告版面费、评委费、办公场地租赁费、获奖证书及邮资等费用外,剩下五万多元早已被组委会的策划者们瓜分完毕。

李二找上门来的这一天,正是这个所谓诗歌大赛组委会决定散伙的最后一天。

组委会设在街道办事处后院的一间破旧的群艺馆里,从街面走到这里要穿过一段狭长而阴暗的巷道,巷道里弥漫着下水道堵塞而漫溢出来的腐臭味。在灰暗破旧的大门旁边挂着一块油漆剥落、字迹模糊的群艺馆招牌,紧挨它的就是那块崭新醒目的"'金圣杯'诗歌大赛组委会"的招牌。看见这块招牌的那一刻,李二几乎能听得见自己胸腔里怦怦的激烈跳动声。他看见一个留着黑胡须、披肩长发的年轻人正在将那块招牌从墙壁上取下来,准备收进屋子里。李二没有招呼就跟了进去。

原来,在光线昏暗的屋子里,他们正在做最后的收拾,地上到处飘散着各种纸张纸屑,书架上已经清空了,那些文具柜所有的抽屉都是拉开着的,像个怪物似的吐出了舌头。显然这里不久就要关门歇业。里面一共三个男人,分头在各自的橱柜前查找着什么。李二故意咳嗽了一声,见三个人都停下来了,他就站在门口说明了自己的来意,于是三个人都愣住了,相互觑视一眼,气氛也随之显得怪异而神秘。最后,那个坐在办公桌后面戴着黑边眼镜、梳着油光光的大背头的中年男人跟他接上了话茬儿。

大背头从办公桌边起身走过来,伸出手臂,热情地请李二在旁边的一张椅子上落座,又去净水器那里用一次性纸杯接了水过来递给李二,然后虔诚地从李二手里接过那本获奖证书和夹在其中的获奖通知单,站在那里,一件件地认真审阅,神情严肃,显然要一辨真伪。当确认眼前这个年轻人就是获奖诗人李二时,大背头好像还是犹豫了一会儿,然后才换了口吻,表示热烈祝贺,并上前紧握了李二的手,称李二为李二先生了。整个过程就像事先编导过一样。李二就开门见山地提出了那三千元奖金的事,他说自己就是为这事而来的。大背头故作惊讶地瞪眼发愣,接着就坚持说早已汇出去了,并且一边环顾四周,一边指着屋子的陈设,耸耸肩膀,摆出无奈的样子说:"大赛结束了,李二先生,你看看,我们正准备关门收摊子了。"李二这时提出要求大背头提供奖金汇出的原始凭证。大背头再次夸张地耸耸肩,又走回到办公桌边坐下,不无遗憾地摇晃着脑袋对李二说:"那个负责财务的小姐已经另谋高就了,她原本也是临时聘用的,走之前把所有账本也都销毁了。"

其实,在短暂的交涉过程中,李二就发现了自己已经陷入骗局之中。面对这种拙劣的赤裸裸的欺骗行径,他的怒火从隐隐作痛的心口燃起,直冲脑门。他从椅子上倏地站起身,直逼到大背头的办公桌前,那股怒火终于从眼睛里喷射出来,加之悲愤之情,眼眶里竟泅着星星点点的泪光。

"你们承认自己是骗子吗?如果不承认是骗子,那么,你们觉得这场骗局还有必要继续演下去吗?"愤怒和屈辱使他瘦弱单薄的身躯微微战栗着,仿佛他身患的某种病症正要发作。他从肮脏的挎包里拿出当初刊登在报纸上的大赛启事,连同他那本鲜红金字的获奖证书一并砸在办公桌上,那桌面随即升腾起一层薄如轻纱的尘雾。"按照你们的承诺,兑现我的奖金——听见了没有?!否则,我会把你们这场骗局公之于众,让它大白于天下——我一定说到做到!"李二从牙缝里迸出话来。

屋子里气氛骤然紧张起来。另外两个年轻人停下了手里的活计,迅速围拢过来,其中那个留着黑胡须和披肩长发的上前就要把李二拽走,被李二当即一掌搡到旁边。

"你们不要想使我屈服或者放弃,那是不可能的!"李二恶狠狠地说道,"那是我的创作成果,是我的劳动所得,也是我的才华应得的奖赏!你们不能剥夺,不能侵吞!"他瞪红着双眼,近乎歇斯底里地吼道,"你们听明白了没有——那也是你们公开承认的我的获奖事实!"

李二的声音过于尖厉而疯狂,天花板上都被震下了微微尘粒。

此刻,那个大背头坐在办公桌旁低垂双目,面如土灰,一言不发。旁边那个身材瘦小的年轻人似乎也受到惊吓了,怯怯地望着眼前这个在咆哮着的诗人,一派不知所措的模样。倒是那个留黑胡须和披肩长发的露出一脸不屑的神情:"亏你还是个大诗人,区区三千块钱,就值得你这么大吼大叫?你们诗人不是口口声声崇高呀、纯洁呀,视钱财如粪土吗?"他以一种极其鄙夷的语气说,"怎么,原来你们笔下那些所谓圣洁的诗作,也是用来欺世盗名的?你们清高、傲慢和口吐莲花,原来骨子里也是一样的铜臭气?"

这时候,李二反倒突然显得冷静下来,他一动不动地注视着跟前这个留黑胡须和披肩长发的家伙,就像是在审视着一个从天而降的怪物,他先前因愤怒而扭曲的面容渐渐变得庄重和威严起来。

"就你——也配跟我谈诗、谈诗人?还奢谈诗的崇高、纯洁?你是个什么东西,难道你自己不清楚?你们盗用诗歌圣洁的名义,干着中饱私囊的肮脏勾当,居然还恬不知耻地栽赃诗人在欺世盗名、是一样的铜臭气?"李二蔑视地看着跟前这个留着黑胡须和披肩长发的年轻人,垂直的手臂在颤抖着,"我到这里来是索回我应得的,也是你们事先公开承诺的,这跟诗人或诗歌的崇高和纯洁有关系吗?你们不正是利用了诗人的清高、傲慢,才胆敢干出这种无耻的欺骗行径吗?你们就一点也不害怕这种行径一旦被揭穿,你们怎么去面对法律?你们公然以诗歌的名义进行招摇撞骗,又怎么去面对公众的谴责?……"

"够了,够了——"那个大背头突然迭声叫道,猛地用拳头砸响了桌子,他满面羞红、呼吸急促地从办公桌下拿起一只大黑皮包来,放到桌上,又肥又厚的手指抖动着拉开拉链,从里面拿出一沓崭新的百元钞票,从中抽出三小沓捆扎好的钞票递给李二,"你可以走了,李二先生。"他并不用眼睛看着李二,交了钱就直摆手,像是驱赶着什么令人厌恶的东西。

李二接过钱便揣进衣兜,正要转身走时,那个留黑胡须和披肩长发的年轻人怪叫了一声:"滚吧,大诗人!你这下心满意足了吧?回去又可以创作你的风花雪月了吧?"

李二停住了,扭过头来,那双潮红的眼睛里又闪出了火焰,仿佛有一股正迸发的力量汹涌在他的胸腔里。他直接举起右手指着面前那张阴阳怪气的脸孔:"你再敢说一个'滚'字,我就打碎你的门牙,让你永远记住今天是诗人给你的教训——你信不信?"

此时此刻,从愤怒的诗人身上抽下任何一根骨头都能打碎任何坚硬的牙齿。

局面顿时剑拔弩张。大背头赶紧走过来冲散两人,一连说了几声"抱歉了抱歉了",几乎把诗人哄着推着送出了门外,然后一挥手,咣的一声关上了大门。

那一刻,屋子里的三个人都很清楚,这个潦倒憔悴的诗人是截至目前唯一找上门来的,而且不管不顾地索回了他应得的获奖奖金的作者。

身揣了三千元奖金的李二,走到车水马龙的大街上,脚步却是晃晃悠悠的,就像是他刚刚从某个酒宴豪饮了一场出来近乎醉酒了似的。太阳炫目晃眼地高悬在天空,高楼大厦之间也是热浪滚滚,他却感到浑身一阵阵寒意彻骨,内心也空空荡荡,没有丝毫的胜利感或成就感,相反,像是与卑鄙无耻的小人做了一笔不可见阳光的肮脏交易⋯⋯

一回到那间狭小阴暗的出租屋里,李二就一头倒在床上,哭了。

第十五章

我的生活总算安定下来,主要还是工作有了着落。

依靠陶冶的帮助,不久我就在报社上班了。他告诉我,暂时是个见习人员,帮着打打字、选选稿什么的,等他把事业编制办下来,才算正式工作。他说话算数,仅半年时间,我的事业编制就搞定了。第二年我凭借"扎实的文字功底和相当的理论水平"(考评语),被聘为采编部副主任。我想,这里面一定也还是有陶冶的功劳。当然,陶冶从来也没有明说什么。

陶冶就那么不显山不露水地有了看不见却摸得着的影响力。

陶冶那时已经结了婚,妻子是教育局的一个科长,据说当年是市长做的大媒。他们的女儿上幼儿园了,住一百五十平方米的套房。可以说,他是我们当中最早进入小康生活的。正因为他拖家带口,加之公务应酬不断,我平日里很少能约他出来一聚,而在一起聊天的机会则更少。事实上那个时候,我已经明显感觉到陶冶虽说是我的发小,但从根本上来说,他与我已不是同道之人,即使见上面,他关心的好像永远是"有什么问题吗?""有什么情况不对吗?"好像一定是有需要解决问题这个前提,大家才可以坐在一起聊。如果说我们见面聊聊文学诗歌什么的,就像当年文学沙龙时的情形,他会直言不讳地说"早就没有那个闲情逸致了",仿佛那是极其遥远的事情。他也曾开诚布公地在电话里对我说过:"现在的我,忙得把周末全都搭了进去,哪还有那个闲工夫啊!"他说的实情只是一方面,而另一方面是我们彼此之间的人生境遇、生存环境和空间差异也大了,以我的理解,实话实说这一点也怨不得他。

这么一段苦闷而压抑的时光,就像是我回到家乡的适应期反应。我甚至一度有些后悔就这样窝窝囊囊地结束了那样飘荡的寻梦生活而贸然选择了回来。有一阵子,我总是静静地坐着、走着、看着、想着,从而也就越来越强烈地感觉到,跟我所感受到的那种南方快节奏、高效率的生存环境比,家乡的一切其实依旧沉闷僵化,条条框框在主导着行政机构运作,一切仍旧是按部就班。街头张贴和悬挂着醒目的"时间就是金钱,效益就是生命""发展是硬道理""空谈误国,实干兴邦"等标语,但说归说,干归干,两者好像根本不搭界,无关联……所有这一切,在当时从等待工作到成为报社一个没有正式编制的见习记者的人看来,都感触颇深,印象深刻。

一天傍晚,我把陶冶约出来散步,如实把自己的这些感触说了出来,他听罢就嘿嘿笑了几声,似乎这种话题根本就不值得拿出来一说,或者说,他早就预见到了我会说起这些。

"那你干吗要回来呢?你还可以去南方闯世界啊,就像你当年那样雄心壮志啊!"他就这样回敬了我,弄得我当场就灰头土脸,接不上话来。"你既然回来了,就要适应这里——你不是说想让自己安逸下来吗?"他的话几乎一点不留情面,"要安逸下来也是需要代价的!什么代价?就是包容、忍耐和有信心。其实这个道理,以你走南闯北的经历看,应该比我更懂得的。"

他消瘦的脸上满是讥讽与嘲弄之色。

在当时,他如此不客气地说话,让我暗暗地窘迫不堪却也无可奈何。他其实说得没错,这是我自己选择回来的。而在陶冶看来,他几乎不能容忍我的牢骚埋怨或唉声叹气。后来我才知道,他那个时候正为了我的事业单位编制问题找有关领导和部门在"费着劲儿",因此他才一点也不愿听到我说出的任何"不在其位却谋其事"的泄气的话来。

那是一个春夏之交、微风和煦的夜晚。走进灯光斑驳的树荫下,陶冶站住了,看着我蔫头耷脑的样子,他淡然一笑,还是用那种嘲讽的语气说:"你是不是以为大家都过得比你容易,比如像我这样的人?是不是以为,这里的人因为安于现状而都得过且过,甚至还自得其乐,又庸俗乏味?"看到我用困惑的眼神直视着他,他一挥手臂,像是代表着大众,"我可以告诉你,没有人是容易的,也没有人在自得其乐!就所谓成功的艰难程度而言,想在这样的环境和政治生态中脱颖而出,可能比那些改革开放的前沿区域更难,更加不易!我之所以敢这样说,是因为我深刻地体验过其中的艰辛不易,而对于那些还想担起责任、成就事业的人来说,就更是如此!"

我不再说话了,听得出,他的话锋明显是针对我的说教,是我的心境和状态让他感到失望和不满。

我们在树荫下走着。他说话的声音后来变得低沉、迟缓了。

"你可能想知道,我每天过得是否快乐,是否得意顺心吧？我可以告诉你,根本就不是那么一回事儿。你只看到了我外表光鲜的一面,其实我每天就像在油锅里炸着,翻来覆去,又像在薄薄的冰面上走着,不知什么时候就咔嚓一下,坠入冰海深渊！当然了,这样说可能有些夸张,跟你细说起来也没什么意思。可是往深里讲,这些没意思的却又都是实实在在的事儿,就摆在那里……"

他的脚步很慢,渐渐落在我身后,我只得停步看着他边走边说。路灯透过树叶的缝隙把斑驳变幻的光影洒在他瘦削而阴沉的脸上。

"如今,在一些观点和理念上,市委和政府的主要领导人之间存在分歧,主要还是工作层面上的不同认识,比如是否选择老城区改造,是否扩建提升老工业装置产能,这类问题就是迟迟确定不下来。另外,也是老话题了,就是下一步政府系统改革,机构精简,也包括在用人选人方面都有不同程度的分歧……从工作层面来讲,这些矛盾存在是正常的,但是你要是身处其中,就会感到自己既无能为力又身心疲惫,因为你无权干涉相关决策,你又不能发表任何意见,但你还是要努力工作,按照程序需要不断地汇报、请示、协调各方面关系和工作节奏,使之获得最佳的效果,哪怕是做无用功,也要保持着积极进取的态度,而不能有任何闪失和疏漏。这么说吧,有时候我一天忙下来想一想,真是无聊乏味透了,但往积极层面上想,这岂不就是我的工作内容和工作环境吗?"他把目光转向了我,情绪亢奋地提高了语气,"我说的这些,不知道你能不能理解,但我倒是觉得——这么对你说吧,在这样的生存环境里,可能更需要耐力和实力,你才能熬得住,你才有可能赢得出头之日!"

马路上灯光昏暗,车辆穿梭,行人稀少。对面是一条狭长而热闹的街道,临街的商铺有人在吆喝着出售小商品,而身后不远处就是那幢鹤立鸡群的机关大楼,高耸壮观。那就是我们小城的党政首脑机关,也就是陶冶工作的地方。

陶冶抬起手臂直直地指向树冠掩映中的那幢机关大楼,那里面有许多房间亮着灯光。

"那里面的人容易吗?"他看着我,"多少人还在加班加点,他们不是在苦熬吗?而且,多少人可能一生都被困在那里面,苦熬在那里面,甚至不知道外面的世界……"

他突然停止了说话,望着远处大楼里的灯光,仿佛在猜想着是谁在那里加班。这时,人行道上有人迎面走过来,一眼认出了陶冶,惊喜而恭敬地掏出香烟递上,亲切地叫着"哦,是陶秘书长啊"。陶冶被惊吓了一下,但很快就镇定了,他礼貌地抬手拒绝,仅一声冷淡的"谢谢,不会",就不再言语,然后上前推了我一把,甩开路人,就往前走去。看得出,他未必认识那个对他恭敬的路人,更不会与他更多地言语什么。

我们又往前走了一段。后来,他停下脚步,在树荫下的阴暗处从怀里掏出当时最新款的摩托罗拉手机(那年月手机就是身份高贵的象征)来打了电话,因为隔了七八米距离,他说了什么我没听见。打完电话,他又小心地把那个神秘的宝贝揣进怀里,然后走过来,伸过手臂搭上我的肩膀,好像一下子心情好转过来。"跟你聊天挺没劲儿!"他说,接着跟我耳语道,"今晚我带你去一个幽静的茶吧打打牌散散心吧。瞧你愁眉苦脸的样子,你才煎熬几天啊,就埋怨不适应,可我要告诉你,这日子还长着呢!"

那一刻,我既激动又慌张,心想,他这是要把我带进他的小圈子里玩吧。那个时候内地的卡拉OK厅、迪吧正火热起来,茶馆茶吧、咖啡厅也跟着悄然兴起,官员们出入这种场合似乎也是一种思想解放的标志。陶冶从来没有带我出入过这些场合,他甚至在我面前也从来没有表现过对这类场所有兴趣。当然,从小到大,陶冶都不擅长歌舞之类,唱歌五音不全,用他自己的话说,就是一点音乐禀赋也没有。看来,打牌或许是他的兴趣爱好吧。

我说:"两个人打什么牌?"

他的手臂仍压在我的肩膀上,淡然地说:"到地方就知道了。"

穿过老城区的街道,他对那些霓虹灯闪烁的地方看都没看一眼,闷着头,领着我绕进了一条僻静的小巷,七拐八弯的,居然进了临街一家酒店隐秘的后门,接着猛一跺脚,走廊的灯亮了——看来他是熟悉这里的,沿楼梯下到地下室,推开一扇厚重的镶着隔音海绵皮囊的门,里面早已坐着两个抽烟的男人,见我们进来便立即恭敬地站起身,迎到门口。

牌桌上已准备停当，四张皮椅旁的茶几上也摆好了茶水和果盘，还有未拆开的软中华香烟。没有任何客套，四个人坐定就抓牌开打了。当时打牌流行的玩法是"80分升级"。我跟陶冶面对面是一家。这场牌局下来，令我极其纳闷和别扭的是，陶冶自始至终没有介绍我，也没有介绍另外两个男人是干什么的，好像我们彼此本来就认识，又像是这种打牌只是临时凑到一块玩的，根本用不着介绍熟悉彼此，也像是我的身份可能并不值得被介绍出去——只是在催出牌时，陶冶叫其中一个"老王"，叫另一个"老孙"，而且整个过程中他们没有说到任何其他话题，都是一副专心致志打牌的模样，仿佛打牌就是纯粹打牌，扯不上不相干的事情。可我还是隐隐觉得，一定是陌生的我的出现，才使得他们不便在这个打牌过程中扯上其他话题。跟陌生人打牌的那种别扭感觉，让我不断地开小差出错牌。最后，陶冶忍不住摇着头冲我感慨道："老同学啊，你的牌技可真够臭的！"

从那以后，陶冶再也没有约我打过牌。

也就是那次打牌的经历，让我明白了陶冶不是不想带我玩，而是我离他玩的那个圈子太远了，或者说，玩不上路子了。我知道他本意上并没有疏远我的意思，但我们处在一起，总是有些生疏了的感觉，共同有兴趣的话题并不多，即便谈起来也会觉得不太投机了。他后来也邀请过我参加几次酒宴，参加的都是一些成功人士，都有官衔称谓，夹在这些人中间，我就明显地感觉到自己在一点一点地缩小着。酒宴上气氛热烈，人人都眉飞色舞，谈兴高涨，但没有什么话题是我可以接续的,我更没有什么谈资可以引起他们的关注或兴趣,有时候我恨不得钻到桌下的地缝里去。陶冶后来索性不再叫我参加了。其实,他就是叫了,我也会以各种谎称的理由加以拒绝,那种氛围和场合并不适合我,我应该有这个自知之明。

第十六章

胡子从省城回来了,开着黑光锃亮的奔驰S500,还带来一个娇艳的女人,说是他的秘书。胡子这次回来动静很大,酒店也是提前就预订好的,请了我、陶冶、三柱,还有江燕燕。胡子显然想显摆一下,茅台和XO都提前摆上了桌,还点了大个儿的澳洲龙虾、鲍鱼什么的,反正找菜谱上最贵的点。胡子西装革履,留着油亮亮的大背头,说话略带港台腔,好像因为他如今的生意天天要跟港台商人泡在一起而被同化了。他的女秘书叫"黄小姐",也是一口港台腔,并不矜持,挨着胡子身边坐着。不等服务小姐动手,她就站起身忙着给我们倒茶续水,一盘盘菜端上来后,又忙着给大家斟酒招呼吃。她胸脯很大,绷在黑绸缎的衣衫里,仿佛随时会膨胀出来。不知怎的,江燕燕打看她第一眼起,就对这个黄小姐冷冰冰的,就像是遇到了天敌,不拿正眼看她。三柱倒是时不时地往黄小姐的胸脯上瞥一眼,有一回被我的目光逮住了,这家伙不好意思地嘿嘿傻笑两声。

陶冶坐到主席座位上,是胡子硬拉他上去坐的。"你是老大,又是领导,这个座位非你莫属!"胡子推着陶冶说。论年龄,胡子才是我们发小圈子里的老大。陶冶只得勉强坐上去,他一落座,整个人就有些正襟危坐的样子,表情和举止,收敛、庄重、严肃,看得出,他并不想这样,但似乎一进入这种老大的角色就自然进入了状态。我想,他这种状态可能跟桌上出现了那个陌生而娇艳的黄小姐有关。

江燕燕当场就对陶冶嘀咕一声:"一看你就知道是个官僚,而且官衔还不低了。"

陶冶装作没听见,倒是问起胡子:"现在做的什么生意发达了?"

胡子说:"贸易,跟港台地区做贸易。"声音显得轻描淡写,但声调上像是故意要掩饰点什么。

"是做大生意吧?"三柱问,小眼睛瞅着胡子,既关切又羡慕的样子。

胡子放下筷子,把香烟点着,吐出烟雾,望着天花板,像是斟酌着该从哪儿说起。"现在嘛,还不好说吧!"胡子拿腔拿调地就来这么一句,好像不愿意再说什么了,举杯示向大家,"喝酒,先把酒喝好了!"胡子带头一饮而尽。

胡子接着说,他刚刚带着黄小姐从新疆考察回来,是想做新疆的水果贸易。胡子说得有些激动,身上也出汗了,脱下西装挂在椅背上,又松开艳红的领带,用湿巾拭着额头上的汗。

"新疆真他妈的大,也真他妈的漂亮!"胡子感慨着,他说他带着黄小姐去了喀纳斯湖,住了几天,那个地方真是美极了。他看着桌边一圈人,深情不已地说:"将来如果有一天,老子混不下去了,就想死在那个湖里!"

这猛然蹦出来的一句败兴话,让我们当场目瞪口呆。

陶冶抬腕看表,从桌边站起身,说他要走了,还要赶一个饭局,是公务应酬。他说得不容置疑,我们纷纷起身送他出来,果然有辆黑色奥迪轿车停在酒店外等他。看来,陶冶早有安排。陶冶往车跟前走着,江燕燕好像就知道陶冶会临阵逃脱,悄声埋怨道:"你走得倒是潇洒啊!"言下之意,她其实早就想撤了,可结果倒是酒宴上的老大、主心骨要走了,那么剩下的场面就没意思了。陶冶装作没听见她说了什么,走到车前,司机给他拉开了车门,江燕燕又嘀咕道:"那个黄小姐,我一看就不是正经货色,真搞不明白,胡子竟有这等趣味!"这话陶冶倒是听见了,他淡然一笑,在钻进车内前他说:"这年头,谁都不能看低了谁,看不惯也得看,看得惯也得看!"他口气狠狠的,又似自嘲一般——好像是说给江燕燕听的,眼睛却看着旁边的我,而手臂却是向站在酒店门口的胡子和那个黄小姐挥动的。作为官场人物,陶冶说出那句话,既显得无可奈何,却又在情理之中。在我的记忆中,他后来再也没有说过类似的话。

陶冶的提前离席,使酒桌上的气氛似乎变了调儿,感觉好像显得不太正式了。胡子那张红扑扑的已经飘上了酒意的脸膛也黯淡了下来,好像兴奋劲头过去了。他神经质地咳嗽了几声,把手指间燃着的烟蒂拧灭在烟灰缸里,眼睛眨巴着,显得有些茫然和困惑的样子。这会儿他可能才意识到,虽说是自己如此牛气地做东请客,可也不能老是自己一个人滔滔不绝而扫了大家的兴,于是,他转移了话题,突然问道:"李二现在混得怎样了?他可是从来不跟我联系的。"

今天的酒宴上其实也就李二缺席。现在提起他也在情理之中。

说实话,那个时候,谁都没有想到李二,好像他不在这个场合出现正是大家所期盼的;或者说,那样的氛围,谁也想不到李二还有可能出现,哪怕只是在话题上。现在,胡子这么一问,立即就把李二从遥远的南方,从那个甚至已经变得暧昧的深圳挖了出来,就像是从深不可测的海底突然捞出了一件不可名状的东西,随之摊开来任由大家评说。

酒桌上竟奇怪地静默了下来,好像是商量好的——只要胡子一提李二,大家就保持沉默。而胡子的那句很正式的问话,像是在问我和三柱,又像是在问江燕燕——他把那泛着酒意的迷离的目光,从我和三柱又转向江燕燕,再从江燕燕转向我和三柱。我并不清楚李二眼下的状况,我们很长时间没有联系了;而江燕燕呢,眨巴着漂亮的眼睛,耸耸肩,摇头,不说话,做出一无所知的样子(后来我才知道,她是故意装作那样的);三柱倒是实在,胡子的目光第二次扫到他时,他就坦白道:"李二啊,我都快两年没有他的消息了——这家伙一定还在做着大诗人的梦吧。"在三柱心里,大诗人之梦依然是李二矢志不渝的奋斗目标。

酒桌上这会儿终于显现出了凝重而停滞的气息,或者说,从一开始这种气息就潜伏在那里,只是现在终于显形了而已。

那个浓妆艳抹的黄小姐,面色窘迫地垂下头来。她可能终于感觉到了她自始至终也没有受到重视的尴尬——她先前倒是毕恭毕敬地老师长老师短地敬了诸位若干杯酒,却没有谁回敬过她,三柱倒是把酒杯举起来像是要回敬一下,也因为江燕燕的一个严厉的警告眼神而放弃了。此刻,黄小姐无聊地摆弄着抹着金粉的纤巧手指甲,做着兰花指状。

胡子眯了眯眼,晃着脑袋,轻微地叹息一声。看来,李二这个话题还真是轻易不能提的,即使是在这个发小死党的圈子里,似乎提了就是一个雷区。但胡子是忍不住了,他好像经过了深思熟虑,且语气不乏揶揄嘲讽(其实我早就知道,胡子特别愿意当着江燕燕的面,也就是李二不在的场合来表现自己的"远见卓识"):"现在的诗人如过江之鲫,茫茫人海,一网撒下去,捞上来的十有八九都说自己是个诗人,就是街面的树上掉下一片叶子,砸到三人中就有两个是诗人!"他突然笑起来,好像是为自己的幽默和刻薄而笑,又像是为李二那样可笑的多如过江之鲫的诗人而笑,笑得很轻浮而猥琐。

"这年头,还诗什么呢?诗还有那样神圣吗?"他接着说,仿佛是对自己说,而且语气变得粗鲁了,"这都是什么年代了,谁还在乎星空和缪斯的殿堂?即使在乎,又能怎么样?那些冠冕堂皇的诗句,早都被人当作敲门砖而换成谋取名利的东西了;而那些苦熬着要拯救人类灵魂的诗人却一贫如洗,甚至终身穷困潦倒,他们写下的那些所谓神圣的诗句,只是被后人用来祭奠的……"

酒桌上依然是静寂的。胡子好像不得不说下去了,他那双泛着血丝的眼睛这时瞟向了江燕燕,声音变得异常高亢起来:"不瞒诸位,我们的李二先生,我现在想称他为,我们现代的堂吉诃德式的李二先生,他就是要在这一条已经变得荒诞不经的道路上走到天黑,甚至走到末日降临……"

胡子这么说时,他身边那个丰满而显得拘谨的黄小姐终于忍不住掩嘴窃笑了——她显然听出来了,胡子这是在恶意嘲讽那个叫李二的,尽管她并不知道李二是何人何模样。

江燕燕好像已忍耐了很久,此刻,她脸涨红了——那个黄小姐的那种轻佻无耻的窃笑把她引爆了。

"胡子,你没有资格和权利这么说李二!"她双手平放在桌前,但上身和脑袋都是前倾着,像是随时准备扑过去,"恕我直言,他就是比你有才华,也比你更优秀!你不要拿什么年头什么年代来说事儿!我一直都承认,至今也不否认,李二就是我崇拜的偶像!"

她好像有点上气不接下气,于是站了起来,站得很有气势的样子,有一种凛凛然要压倒一切之势。

"虽说这些年来,李二没有混出什么名堂,甚至穷困潦倒,但是你们谁敢否定,他是一个纯粹而执着的人?!我就是从来也不怀疑他人格的干净、才华的出众、品德的优秀!像他那样的人,如今我看是越来越少了;相反越来越多的,是那些虚伪变节、投机钻营、不择手段、不要底线,甚至不要廉耻的人!"

我有些紧张地观察到,在江燕燕咄咄逼人的目光的注视下,胡子和他身边的那个黄小姐正窘迫地垂下脑袋。黄小姐早已收敛了笑声,甚至已经满脸羞赧之色。

"说李二就是现代的堂吉诃德,那是你的观点。就是堂吉诃德又怎么啦?他愚蠢吗?就因为他挑战那架风车了?就因为他着迷于要做这个年代的最后一名骑士?好吧,李二就是那名骑士,就是现代版的那个骑士,那又怎么样了?我就是偏偏欣赏他,就是因为他居然还有勇气要做一名现代骑士而更为欣赏他!"

江燕燕先前还灿若桃花的脸瞬间变得苍白光洁,眼神里闪烁出一种冷艳凌厉的光芒。她一口气说罢,斗气似的气喘吁吁,举起手指上的香烟,深深吸上一口,又长长地吐出来,宛如给冷冷清清的桌面布下了一层青色飘逸的云雾。她仰首望着天花板上灯光柔美的枝形吊灯,专注而凝重的样子。她可能在回忆着什么,起伏着的胸部渐渐平息下来。看得出,她把该说的都说了,现在她什么也不想说了,又像是她有点后悔自己刚才的过激举动和言辞。

胡子阴沉着脸,一种僵硬而难堪的神情挂在脸上。过了片刻,他把无助的显得多少有些委屈的目光投向我,显然是希望我说几句话来缓和一下气氛。我能说什么呢?其实江燕燕说的那些就是我想说的;然而一想,胡子说的那些,从某种现实角度上说,难道不也是我想对李二说的吗？

我终于举起酒杯，强作欢颜地说："让我们敬李二一杯吧，祝他一切如意！"

我当时觉得心情一下子糟糕透了，我一点也不想让这种尴尬的局面持续下去。

大家勉强地碰了杯，喝下一口，气氛这才有所缓和。接下来，三柱好像突然来了兴趣要跟胡子做生意，他希望胡子能把他庄园里的那些"绿色食品"卖到大城市去。其实我看得出，三柱也是想把刚才不愉快的氛围冲淡掉。然而，胡子并没有表现出兴趣来，他像是突然病了似的打蔫了，他对三柱提出的贸易请求始终显得没有多大把握的样子，只是不住地说："慢慢来吧，兄弟，你要让我先试试再说嘛。"

在当时，胡子一下子变得如此失落而抑郁，我是多少能揣摩其中原因的。在我的记忆里，胡子可能比李二更早些时候就爱上了江燕燕。我们住在一个村里，而胡子家跟江燕燕家是邻居，说他俩青梅竹马、两小无猜可能更合适些，也就是说，两人打小就整天泡在一起玩。然后，到了中学阶段，剧情就变了，江燕燕对李二的喜欢、赏识以及后来几乎是公开的恋情才使得一直以来都追随在江燕燕左右的胡子被迫"退居二线"，从此他都不在江燕燕的感情旋涡里。但是我知道，胡子对江燕燕的那颗深埋在心底的爱恋之心并没有随着时光而消逝。我甚至以为，大学毕业以后的胡子性情大变，那样的乱性作为，甚至有点自暴自弃，从某种意义上讲，可能正是对江燕燕的爱情感到绝望所致。他之所以要在江燕燕的面前打击李二、贬低李二、嘲讽李二,可能就是想在江燕燕的心目中重塑自己的形象;他要竭力把自己打扮成一个成功人士,以此来炫耀他与而今落魄潦倒的李二之间的反差。当然,他可能绝对没有想到,江燕燕会如此决绝地表明她对李二至今不变的赏识和崇拜的态度,而且顺带着对他表现出一种近乎刻薄的鄙视和厌恶。

不尴不尬地结束了这顿难熬的酒宴,胡子要请我们去歌厅或咖啡馆再泡泡。我一听头就大了,江燕燕更是忙不迭地说她要休息了,说最近做节目累坏了。三柱倒是想再跟胡子聊聊,当然还是他的那些"绿色食品"能否卖到大城市的事。胡子根本就不想接他的话茬,在我和江燕燕分别说了不去歌厅和咖啡馆后,他就对三柱说,他要带黄小姐遛遛弯儿,说黄小姐没来过小城,想在周围转转看看。我倒是觉得,胡子是怕三柱纠缠上他。三柱显然有些失望,一甩手臂说:"那我就回了,我还有百十里路要走呢。"三柱是对我和江燕燕说的,其实也是故意说给胡子听的。

我看见三柱走向旁边一辆黑色别克轿车,一个身材挺拔的年轻司机下车给他开车门,跟先前陶冶上车时出现的情形差不多。三柱坐进车里,砰地关上车门就扬长而去。我正纳闷儿,江燕燕说:"三柱买车了你不知道?给他开车的还是个退伍军人呢。你可不要小瞧了三柱,他如今才是真正的土财主!"这句突然调门上扬的话,其实正是说给正伴着那个黄小姐要走开的胡子听的。

第十七章

街上行人很少,路灯光映在老街的建筑物上显得灰蒙蒙的。

我对江燕燕说:"我送你回去吧。"

江燕燕看着我,嫣然一笑:"你是想跟我说说话吧。"

她真是看出了我的心思。从酒宴到现在,我一直觉得很沉闷、很压抑,一切似乎都变了味儿,而且做作、勉强,令人厌恶。以往总觉得这种老友聚会,是件令人兴奋快乐的事,然而现在见了面后,恍然察觉不是那么回事了。这里面究竟出了什么问题?

江燕燕走进路边一家果品店,买了一只冰激凌吮着,很惬意的样子。看得出,她并不想先开口说话。从街头走到街尾,附近有个小公园,我们走了进去。

江燕燕显然已经平复了情绪,态度也变得随和而放松了。

我们有一搭没一搭地聊起来。月光穿过婆娑的树影洒在公园小道清洁的路面上,显得光影斑驳,除了草丛间秋虫低啼如诉,周围安谧极了。

说实话,一直以来我很少与江燕燕独自相处,一对一地倾心交谈就更少了。虽说我们现在同住小城,但见面的机会并不多。眼下的江燕燕仍然是小城电视台一姐,首屈一指的"当家花旦",身边也依然不乏追求者,其中政界和商界的都有。这个情况是陶冶透露给我的。据说,陶冶曾以半开玩笑的口吻要介绍一位仕途看好的政府官员给江燕燕做男朋友,江燕燕便以同样半真半假的口吻回敬了他:"你想让李二去跟他动刀子吗?"从此,陶冶再也不开这种玩笑了。在台里,她也是帅哥靓女簇拥的人物,她的《百姓生活》栏目一度闻名遐迩,火透了方圆百里。有一阵子,我不止一次地守在电视机前,为江燕燕在镜头前的落落大方,真情流露,特别是一次次潸然泪下的画面而折服。记得有次偶然机会,我去电视台里开一个新闻媒体通气会,会后我顺便去看她,亲临现场,看看她是如何制作出那样煽情而动人的节目的。我去的时候,恰巧她的节目正要开机录制,她嘱咐剧组人员将我安排在监视室里。透过隔音的玻璃窗,我观看了她将一个平常百姓的故事访谈节目完成的全过程。那是对一个单亲家庭的母子的访谈,内容并不复杂,是一个打零工的母亲如何含辛茹苦地培养了一个优秀大学生的故事。江燕燕通过现场一问一答,又剪辑穿插了大量背景画面和扣人心弦的旁白衬托,以及恰到好处的音乐烘托,硬是把这个故事演绎得如泣如诉,而她自己也是一次次面对镜头热泪盈眶,语音哽咽,以致现场停机了几次……当她终于从演播室里出来时,我原以为她一定还沉浸在那个情境里,可能一时难以平复心情,然而令我大为诧异的是,我看到的江燕燕已经是兴奋过后的红光满面,而且情绪亢奋,漂亮的眼眸看不到先前的半点泪迹的踪影。她把我领进休息室里,泡了两杯咖啡,跟我聊起上周刚刚看过的一部美国影片《廊桥遗梦》。"那真是一部挺棒的片子!真想不到,那么简单的剧情会演绎得那么感人,甚至让人心碎!"她说,仿佛她是刚刚从电影院那部影片的故事里出来的。我忍不住问她:"你刚才的节目是不是太投入了?"她怔了怔,大大的漂亮的眼睛望着我,似乎我说的是久远的事情,或者说,她竟有些奇怪于我怎么会问起这个话题。她点着香烟,重重地吸了两口,然后潇洒地嘘嘘地吹出烟雾来。"你不要跟我说起我的节目,这个话题不好玩,也没什么意思。那是我的工作,一期又一期,车轱辘一样,早就是大路套路的东西了;我也早就腻烦透了!"她摆动手掌,相当于舞动手上那一缕袅袅烟丝盘成的云雾,"我总有一天会被这类节目逼疯的!"她像是在恳求我,"咱们还是说点别的吧……"她从来都是那么率性、真诚,不玩虚的。她表面上看似平静,看似与世无争,其实骨子里要强到宁肯粉碎自己,不干则已,要干就干得最优秀,干得出类拔萃。她的心气和意志力仿佛也总是能成全她所选定的目标——只是现在看来,能够提供给她展示的舞台似乎总是不尽如人意罢了。

在如此美好的月夜,我与江燕燕相伴谈话,我当然希望了解一些过去发生的事情。我想起了当年江燕燕从大学带回来的那个白马王子,那个时候我私下以为这一对真是金童玉女、郎才女貌,甚至想到过这样下去,那么李二可能从此将终身抱憾于失去江燕燕了。不承想大学一毕业江燕燕就抛弃了人家。这过程也太扑朔迷离了。我问江燕燕当初是什么原因跟那个英俊的文艺男青年分的手,她诧异地望了我一眼,显然现在提起这个话题让她颇感意外。

"这么多年过去了,你居然会说到这件事情!"她嘲讽地一撇嘴,"真亏你有这样的好记性啊!"

我如实说:"那个时候,我们都知道你爱的是李二,怎么会有这么一段插曲?我至今也想不明白。"

江燕燕突然冷笑了一声:"阿贵啊,这事你应该去问问李二啊。他那个时候以为自己在刊物上发表了几首诗歌就了不起啦,说是有多少崇拜者对他恭敬,特别是校园里的女文艺青年们迷恋上了他。其实,我也知道他是爱着我的,他那样做也就是显摆一下自己当时的成就。我就不服气了,就想挫挫他的锐气,也是想狠狠地打击一下他的傲气。当然,也是考验他是否真的还爱着我。后来,李二带个北京姑娘回来,几乎跟我的路子一样,也就是说,目的只有一个,就是想挫挫我的锐气,也是打击我的傲气。说穿了,那些作为都是那个年代里我们做过的蠢事罢了。"

这话让我接不上了,倒也使我想起当年我跟李二在海南的时候,李二也说过类似的话。看来,这对恋人体会到的经验教训可能也是一样的。

"放纵总是要付出代价的。"江燕燕望了一眼月色妩媚的星空,感怀而伤感的样子,"我后来才发现,我的那个男同学当时是真的迷恋上了我,这无心插柳的事后来险些弄出大麻烦——那种男人一旦沾惹上了,想甩掉他还真不是一件容易的事啊……"

"想甩掉他,就因为你发现自己还爱着李二?"我冷不丁地问一句。其实,我太想知道她最后究竟是如何处理了这样棘手的麻烦。

江燕燕突然轻佻地笑笑,好像猜透了我的心思,说:"阿贵,你是不是想学点经验,或者说,也有类似的麻烦需要处理?"

她诡秘地看着我,眼睛快眯成一条缝儿了。

我马上摇头,羞愧不堪了,连声说:"没有,没有啊,我怎么会有这方面的麻烦呢?"

"那就好,这种经验根本不用学,也不值得学。"她说,"我也是相处了一段时间后才发现的,那人其实是个娘娘腔、软骨头,迷人的脸蛋也只是徒有其表吧,其他方面……唉,怎么说呢? 算是个冒牌货吧。真要是论才华,他比李二差远了!"

她说得一点也不含糊,几乎是见血见肉见骨头。

我们已经走到了公园小径的尽头,在一株大槐树下的长椅子上坐下来。我发现,江燕燕似乎打定主意今晚听我来提问,或是主动提出话题,否则,她不会主动开口说话。于是,我们沉默了一会儿。

"李二最近好吗?"问她这个,我是有把握的,我相信李二至今仍在追求她,爱着她,因此李二就会与她保持着联系。

"你不会像刚才在酒宴上,糊弄胡子那样糊弄我说不知道吧?"我故意加重了语气说。

江燕燕白了我一眼,把吃了一半的冰激凌放在椅子上,用纸巾擦了嘴和手。

"李二,让我怎么说他呢!"她用手捋一把额角的秀发,目光望向公园前方甬道上一对漫步在树影中的情侣,"李二是不会回头的,这一点我现在已经看出来了。可是没有想到的是,经过了这么多年的挫折失败——我都不想说这时代的变化了——他居然还那么执着,那么着迷于他那个虚无缥缈的世界⋯⋯他给我的感觉,不是需要远方和诗,而是他就一直迷糊在远方和诗里——你不觉得他是这样吗?"

她侧过脸来问我,神情充满疑惑不解。

"我说不好。关于李二,我越来越觉得说不好,或者说,说不准确吧。"我有点窘迫了。对于李二,似乎有许多话可以说,又觉得根本就没话可以说,特别是当着江燕燕的面。

"不过,我至今都觉得,他仍是最有才华的,就像你说的那样,过去是,现在也是。至少在文学禀赋和诗情方面,他不是我可以比较的⋯⋯"

她突然打断我:"那么将来呢?你告诉我,他的将来会在哪里?"

我再次如实说:"他的将来,我说不好,也无法作出判断。"

她没再追问我了,只是轻轻叹息一声,然后抬头望着头顶上浓密漆黑一片的槐树,良久,才默默地一字一句地说:"如果李二不是那样,我想,他可能也就不会那么让我关注他了!"

这话真是意味深长。

毫无疑问,她对李二的欣赏还是大于她对李二的责备。而这种欣赏,也一定是通过她身边这些年来若干个"李二"的综合比较,也是若干次淘汰与过滤后才得出的情感判断。

我问她:"刚才在酒宴上,为什么不把有关李二的情况对胡子如实说呢?"

江燕燕几乎不假思索地反问我:"你认为有这个必要吗,对于胡子那样的人?"

她垂下头,声音低沉了许多:"我本来不想告诉你的,就在胡子这次回来之前,他就给我BP机发了短信,想约我到省城见一面,我回电问他有何事,他说要见了面谈,我就说没时间,拒绝了他。他接着就给我写来一封信,信里写些什么我就不告诉你了,反正我把信退了回去,并且告诉他,我们之间永远不会有那种故事的。"

这个情况,不是江燕燕亲口说出来,我真的难以想象。看来胡子对江燕燕一直存有那个占有的企图。他那么渴望自己能够成为"成功人士",现在看来,赢得江燕燕的芳心也是其动力之源吧。

草丛里的秋虫叫得尖厉而高亢起来,月光像一层青烟薄雾弥漫在甬道的前方,公园里显得更加寂静了。我们沉默了很久。

"还是说说李二吧。"江燕燕好像从某种遥远的思绪里又回到了现实,她轻声说。

"李二告诉我,他年初又辞职了,不,是那家企业辞退了他,上个月他才应聘去了一家时尚杂志社做编辑,现在还是实习阶段,薪水也不算高。我不明白的是,他这样飘来飘去,究竟要选择什么样的归宿?"

我这时才忍不住说:"你们不是在一起处过一段时间吗,在深圳?……"

江燕燕从挎包里掏出香烟,用打火机点着,火光映着冷清清的脸颊。从今晚的聚会开始我就发现,江燕燕现在烟瘾挺大,酒宴上她几乎一支接一支地吸,而且脸色苍白,形容憔悴,似乎总也打不起精神。这会儿,似乎又回到了那种状态中。

"我和李二是处过一段,不过后来我们吵翻了,那是我们之间吵得最厉害的一次!"她把嘴里的烟雾喷向黑暗的阴影里,"我明确告诉过他,他必须结束这种漂泊不定的人生状态,我才可能答应嫁给他。可是他却对我说,他现在还做不到。不仅如此,他还告诉我,他现在也不需要婚姻,他需要的只是我们的爱情……"

她停下来,吸烟,腰身微微佝偻下去。

"我当时就气坏了!这么一个老大不小的人,又跟我拍拖了这么多年,还说出这种话来,这跟骗子何异?其实,每次争执起来他就拿这句话来搪塞我,我一时气极了,就抓起茶杯砸了他。我说他是个骗子,我说我也是个老大不小的女人了,我怎么可能不把自己嫁出去?我怎么可能就这样跟他厮守着,为爱情活着,活在真空里,活在这个人间不存在的虚幻里?……"

江燕燕哭了。后来她又声音沙哑地说,她现在也拿不定主意,也就是下不了决心是否结束这段痛苦漫长的爱情。她从包里拿出纸巾擦拭了眼眶和鼻子,然后把脸埋在手掌里。

夜已深了。我觉得谈话出现这种局面,让我心里难受极了。我对江燕燕说,我们该回去了。她慢慢地从椅子上直起身,好像已经累极了,身子也趔趄了几下,我赶紧搀扶了她一下。看得出,她仍然处在伤心不已的状态里。

我感到自己这时应该说些宽慰她的话:"坦率地说,我从来也不怀疑李二对你的真情,我们在一起时,每每说到你,他一点也不掩饰对你的爱和真诚。"

她拉了我一下,接着轻轻一摆手,似乎是示意我不必说下去了,或者说,李二的那种真情她比我更了解。"我知道他对我的爱,这一点你不必说了。"她的语气好像也疲惫不堪,微弱而无力了,"我现在经常会在夜深人静的时候想,李二或许是对的,我们为什么要结婚呢?我们就这样一直沉浸在爱情当中不是也挺美好的吗?而且彼此会保持着激情,保持着那种湿润而甜美的浪漫,就这样坚持下去,直到我们的激情被完全耗尽,直到我们化作一缕青烟离开这个世界……"

我有些发窘地沉默了。江燕燕所说的完全不在我的思考范围之内,不仅令我惊异而困惑,而且我从来没有深入过她那个境界里去思考过类似问题。公园甬道那边熄灭了路灯。公园一片黑暗,更加寂静了。

在送她回去的路上,也是想找个话题来冲淡一下彼此尴尬的沉默,我对她说起了我自己的近况,毕竟三十多岁了,当下主要是婚姻大事家里催得急。

她默默地听着,侧过脸来看着我,显出有些困惑而又迷茫的样子。

"阿贵,你真的不觉得生活有时候是很无聊的吗?或者说,这人生真的是挺没劲儿的?"她的话倒是一下子让我惊怔了,而且口气也是愤愤不平的,"我们活着的每个阶段,仿佛都被世俗的标签做了需要公认的印记,谁没有把这个印记贴到自己身上,那么,他就不被认可,不被接受,甚至就是另类——谁可以这么规定,三十岁一过就必须完成婚姻大事?谁可以这么规定,男人女人必须结合在一起,才是完美人生?全他妈的扯淡!"

她的眼睛里闪现出光泽,如同火焰一般。"如果没有爱情,我凭什么要结婚?凭什么要把自己嫁出去?同样,你一个大男人,没有自己心仪钟爱的女人,你凭什么可以结婚?那样的婚姻道德吗?有意义吗?那样的结合是值得的吗?我告诉你,在这个世界上,其实并没有谁可以强迫你做什么或不做什么,一切都应该掌握在你自己的手里,你要倾听自己内心的声音。别动不动就是什么婚姻大事——那真的是大事吗?'大'在什么地方?如果说是大事,那么离婚是不是大事?那么离了,岂不又回到了原点,又要重新'大事'吗?我告诉你,你根本不用理睬那一套!"

她居然愤怒地挥动了一下纤长的手臂,好像要把我驱赶得远远的似的,仿佛我这个话题已经引爆了她的情绪。

"你看看三柱,结了婚,又离了婚,然后又结了婚,就像变戏法似的,你看出了那里面有多少'大事'的成分?就说我自己吧。我曾经一度疯狂地想过嫁给李二,特别是刚刚调回到小城来时,觉得把自己嫁了才是上策。李二那么爱我,我们在一起好好过日子吧,把我那个该死的闺中'待'字去掉,成为一个夫人、太太多好啊!可是后来我又仔细一想,我们真的那么需要婚姻吗?在一起的相守真的那么重要吗?我可以告诉你,阿贵,假如我也屈服于那些世俗的压力,我把自己嫁出去十次都有可能,那又能说是'大事'吗?要是那么说的话,我岂不是办过了人生十件'大事'了?"

这通话说完后,我发现她的身子在微微哆嗦着,又像是夜里的寒气正侵袭着她。她脚步也变得快些了。后来我又说到了那个远在珠海的女朋友小青——其实我的心里仍在思念她。我对江燕燕说,看来也没戏了,因为我听说她现在又有了男朋友,是个公务员。我其实是想听听江燕燕的意见,因为她的直觉和判断往往切中肯綮。我甚至希望她能提供一些经验指导,毕竟她也是个女人,而且在情场也有过一番打拼历练,可谓是那种女人中的女人了。然而,江燕燕对此却没有表现出任何兴趣,她当即就摆起了手,那意思相当于说"就拉倒吧"。她没有给我任何建议,只是末了淡淡地说了一句:"那就看缘分吧——"那口吻和态度,仿佛诸如男朋友女朋友之类早就让她腻味了,或者说,我这种半吊子的爱情故事她听得够多够烂了,一点也不对她现在的"胃口"。

第十八章

　　就在这年秋末,小青居然从珠海来看望我,带着她的男朋友,一个清秀的、有点腼腆的公务员。他们是去黄山、九华山旅游顺道过来的。一见面,小青就大大咧咧地指着我,对身边的那个公务员说:"这位就是我的前男友,怎么样,是不是比你帅?"

　　我当场哑然。小青是上午才给我打的电话,说是下午到,也没说带了男朋友,直到见面前,我都在幻想着这次意外相见会不会让我们重续前缘,甚至想到当晚我们要不要住在一起。还有,是不是有可能把她带到自己家里去,让一直为我的婚事操心不已的父母也欣慰一下,而且整个上午我都兴奋得坐立不安。然而,事实却是这般难堪,让我一时乱了阵脚,不知所措。

　　那个年轻的公务员面红耳赤,低垂着头,好像他是来跟我相亲的。我伸手过去,与公务员握了手,他的手又软又细,与他清秀细巧的面容给我的感觉一样。看模样,他至少比我小了七八岁,跟小青也像是姐弟恋。

　　接下来的接待可是麻烦事了,我不可能让自己陷入那样的尴尬境地,我甚至已经想象到了那样的场合:我傻乎乎地看着昔日情人,如今别人的恋人,在眼前跟她现在的男朋友卿卿我我,打情骂俏,就是仅仅让两个男人面对同一个恋人也会使我内心备受煎熬。我把他们安顿到酒店后,就立即跑出来,分别给江燕燕、三柱、陶冶、胡子打了电话,请求他们今晚务必出席,帮我应付这顿饭。江燕燕说,她来不了,当晚有个访谈节目,是事先安排好的,更改不了。陶冶在手机里说,他随省经贸考察团在德国柏林参观,他还远在地球的西边呢,他甚至还打趣地说了一句,他十分想见一见我的前女友,特别想见识一下她的芳容,倒是希望我代他问声好。胡子的电话打不通,他现在总是处于那种你永远也联系不上他而他可以随时找上你的状态。最后,只有三柱爽快地答应了,说他这就从乡下开车进城来,还补充了一句:"前女友,带着新男友,来看望前男友,这有意思啊!"

那顿饭并没有想象的那么窘迫,而且时间也不长,就喝了几瓶啤酒,我跟小青几乎没有说上几句话。其实,当着她那个细皮嫩肉的小男友的面,也确实无话可说,或者说,也没有什么情绪说话,只是聊了几句不咸不淡的话,譬如目前工作情况啊,那边有什么变化没有啊,反正一句也没有涉及我们俩过去关系中的秘密。然而,小青倒是大大咧咧地说到我们之间的过往,甚至连当年让我冒充她的男朋友去她东北老家过春节的事也一股脑地说了出来。她还直言不讳地告诉我,去年春节她带着现在的这个男朋友(她往身边坐着的那位撇了撇嘴角)回老家过年,因为终于找到了一个公务员身份的未来女婿,小青的母亲高兴得不行,直夸她有眼光,明白人生真谛了,做出了正确的选择,云云。小青还学着她母亲的口吻和模样说:"丫头啊,你过去的那个男朋友(指我),啥样儿都挺好,就是不是公务员这点次了点儿!"她用东北话的发音边说边哈哈大笑。我有点发蒙了,觉得一点也不好笑,脸也发烧了,甚至羞臊得恨不得当场就离开。在这个过程中,她的男朋友始终显得拘谨而无言,清秀文弱的脸上泛着莫名其妙的微笑,似乎任何话题他都听得有趣,即便是说到他自己的情形和状态也一样地点着头,好像是要确认自己听明白了。

好在后来的整个场面都由三柱一人支撑住了,否则我真的有可能拂袖而去。在那个难堪的时刻,我甚至心里都编好了逃脱的理由,比如装作突然身体不适,或者把腰间的 BP 机(那年头几乎人人佩戴一只在腰间呢)拿出来一看,说家里有急事了,然后立即从酒店里消失掉。

跟我的低沉消极形成反差的三柱,自跟小青拉过手、接上话之后就哇里哇啦地说开了,好像心里就知道,这个晚上该轮到他来好好表现一番。他滔滔不绝地说起来。事先我在电话里对他说了我过去和小青的关系,他一上来就海夸我现在如何如何呀,大记者呀、编辑部主任呀、一支笔呀什么的,弄得小青瞧我的眼神都怪怪的,好像她过去根本就不熟悉我,又像是这些话都是我事先安排好让三柱说的。我几次想打断他,或是岔开话题,因为我看到小青身边的那个公务员脸色绯红,眼神也不好意思再往我这边投来了。三柱过去一向寡言少语,有时候甚至表现得没有一点儿说话的欲望,这回小青来了好像一下子点燃了他强烈的表现欲,而且能说会道,这真的让我大为惊异。看来,三柱的变化早就不在我的意料之中。

不知怎的,话题突然转移到了三柱的庄园。一听庄园,小青那双清秀的眼睛亮晶晶地睁大了,先是问真的假的,然后又问那是个什么样的庄园。于是,三柱就夸张地挥动手臂,眉飞色舞地吹嘘起来,成百亩地呀,麦子、油菜、蔬菜大棚、果园、鱼塘、鸡呀鸭呀,当然,还有青山绿水、村野风光……小青忍不住拍起纤巧的手掌,脸蛋灿烂得像朵盛开的花儿。那毕竟是个南方田野的农庄景致,完全不同于她老家东北的乡村风光,她显得那么向往和激动也在情理之中。小青当即提出今晚就住到三柱的庄园去。她说:"跟咱们东北的屯子比,我更喜欢南方的庄园,那多有浪漫的诗意啊!"她神经质地站起了身子,又说,"太好了,太好了!"她根本就没有征求她男朋友的意见,举起啤酒杯,指向三柱,说,"干掉它,我们这就出发!"三柱立即响应,一口气喝干了自己杯子里的啤酒,一抹嘴,说:"那咱们这就走吧。"于是,三个人匆匆收拾了一下,像去抢银行似的就走了,几乎没有人招呼我一下。

等我埋单后走出酒店,外面早就没人了。一时间,我不明白这究竟是怎么回事,好像这是他们事前就导演好的一幕;也不明白怎么会变成我一个人站在这酒店外孤零零的街道上,自己甚至不知道接下来该干什么。

小青啊小青,你为什么要来?你什么意思?还带着自己的男朋友？你是想我了，还是想来寒碜我，让我难堪？深夜的街头，在回家的路上，我百思不解，又隐隐觉得不安。

好在回到家里后已经差不多快半夜了，三柱的电话终于打来了，他们一行已经平安到达农庄并且住下了，让我放心，小青还是很兴奋，估计一时半会儿还睡不着呢。他特别提到他没给他们安排睡在一起，而是分开在两个房间里："我才不会便宜了那小子呢！"他希望我明天一早赶过去。

翌日一早，我叫报社的车送我去了三柱的乡下庄园。从天蒙蒙亮出发，到旭日东升，一个多小时行程后，天地间霞光艳丽，山峦青翠，湖泊清澈，乡野清新而甜润的气息让人兴奋且呼吸舒畅。车沿着傍山道路驶入开阔的田野，硕大的庄园广告招牌耸立在道路旁边。我就在这里下了车，让司机开车回去了，因为我已经看见，就在道路前方一片偌大的摇曳着无数粉艳的荷花的池塘里，三柱、小青还有她的男朋友，坐在一只大木盆里，游弋在硕大滚圆的荷叶之间采摘莲蓬。我急匆匆地朝他们走过去。

阳光像一层粉色而耀眼的丝绒披盖在这一片生机盎然的田园上，从附近村庄上飘逸过来的袅袅炊烟与氤氲在空中的晨雾交织在一起，穿行在湛蓝的天空上，远处有数只野鸟在翱翔，不时发出悠远而清脆的啼鸣。我的心情一下子好起来。大木盆里的小青终于看到了从路上急匆匆走过来的我，立即挺直身子，挥动细长的手臂，兴奋地叫起来："快来啊，这里的莲子又大又嫩又甜呢！"勾着腰身忙着采莲的三柱扭过头来制止她："别嚷嚷了,他要是上来,这木盆就沉了。"小青的男朋友蹲在大木盆的角落里,两手紧抓着晃动不已的沿板,神情惊恐,像是唯恐将木盆弄翻覆了。

靠到岸边,我才看见大木盆里不仅载着满满一竹篮子莲蓬、鲜藕,还有网在网里的活蹦乱跳的鱼儿。那些鱼儿是从昨天夜里就潜藏在池塘里的那种笼网中收获的。三个人都上了岸,三柱对我说,他们一早就出来了,先在村庄里转了转,后来又去爬了附近的小山,朝霞升起时,他们才决定摸鱼和采莲的。小青插了一句："简直美妙极了!"三柱指着大木盆里的东西说："这些就是午餐要享用的。"

小青脸蛋红扑扑的,白净的额头上挂着一层细密的汗粒,亢奋得目光显得格外晶亮。她居然赤着白嫩的双脚,挽着牛仔裤脚,上衣在肚脐那儿扎个结儿。"这里太好了,太好玩了!"她对我说,"你怎么不搬到这里来跟三柱住一块儿?看看这景色,这空气,这环境……简直就是世外桃源!"

她的男朋友站在她身后,上衣湿了,裤子和脚上的皮鞋也泥迹斑斑。他冲我略显歉意地笑笑,点点头,算是打过招呼了。

三柱这时把右手塞进嘴里吹了一声极响亮的口哨,吓了我一跳。很快,从远处山弯处那一幢崭新的洋楼那儿就响起了狗儿兴奋的嗥叫,不多时,三只大狼狗,一灰两黄,像百米冲刺一般出现在小道上,狂奔过来,到了近前,直接扑到三柱身上,那亲昵劲儿就像它们与三柱失散多年。小青和男朋友吓得往后躲得远远的。三柱的口哨不仅唤来了狗,也唤来了家里的三个人,其中两个小伙带着扁担,一个胖乎乎的女人走在前面。等三人走到跟前,三柱就吩咐道:"范春花,今天就你负责掌大勺了,可要做出咱们地道的乡村口味来。"

那个胖乎乎的女人腼腆地笑笑,招呼着两个小伙把那些莲蓬、鲜藕和鱼儿往回挑去。

我们一行跟在后面走着。我忽然觉得"范春花"这个名字挺耳熟的,很快,这个名字就勾起了我的记忆,我赶紧悄问三柱:"老实说,前面那位是不是你前妻?"三柱一点也不含糊,哈哈笑着说:"不是她会是谁啊?亏你还记得她!"我说:"不是记得她,我是记得她那个好听的名字。"三柱对我说,声音压低了:"我去年就把她和她如今的丈夫都接到农庄来工作了,范春花如今是农场总部的大管家呢!"

真是匪夷所思,把前妻和她如今的丈夫弄到自己的眼皮子底下来生活和工作,三柱的日子可是够"丰富多彩"啊!我让他跟我说说情况。

"说实话,最初我是想跟她复婚的,我上门找过她,可是她就是没有回心转意的念头。"三柱边走边说,目光跟随着前面不远处那个女人丰腴而健壮的身子。小青和她的男朋友在身后落下几米远了,两人边走边剥着莲蓬吃。"后来,她居然又嫁了,我才死了心的。从那以后,我就再也没有找过她了,反正都是过自己的日子,她过得好就行。有一次我进城去,过去的工友约我吃顿饭,他们才跟我说到她如今日子过不下去了,夫妻俩都是给人打工,还养了一个孩子。我就上门去找了他们夫妻俩,谈了我的想法,让他们来帮我干。没过多久,两人都来了,我给的工钱一年不少于十万元。"

"想想这才几年的光景,这人生境遇就发生了这么大变化!"我不禁感慨,同时悄悄给三柱竖起了大拇指。三柱看见了,立即把我的大拇指推开,好像我这是拿他取乐。那一刻,我想起了当年江燕燕曾经对三柱说过的话:"你可不要忘了范春花,不要忘了人家毕竟陪你生活过一段艰难的日子。"

一路上,我跟三柱聊着。用江燕燕的话说,如今的三柱是坐实了"土财主"这个称谓,年收入过百万了。当年三百亩土地,已增至五百多亩,大多种的是经济作物。他的庄园还跟几所大学的农科所合作,搞高效环保绿色农业。他现在不仅是农村致富带头人,还当上了县人大代表。

在路上,三柱说,上海、苏州、合肥的副食品市场上,现在都可以看到他的"庄园牌"产品,他还注册了产品商标。他看看我,又看看走在身后的小青,然后说:"你们一定猜不到吧,我大儿子都四岁了,上小学一年级了。老二呢,是女儿,也两岁了,下一步,我还想生个老三呢!"他那张肉墩墩的脸上既幸福又得意,一双小眼睛瞥了我一下,低声说,"要是国家政策允许,我他妈非养出一支篮球队来不可!而且,就在这山冲里修建一个顶级的现代化的篮球场……"这话引得身后的小青扑哧笑出声来,吓得我跟三柱身子一惊,原来他们早走到跟前了。

午餐就在庄园的餐厅里吃的。其实这里就是一个大食堂,后面院子里还有一排房屋,那是用餐的包间,每间里面的墙壁上都挂着三柱不同时期与社会各界名流的合影照片、各种各样的奖状和证书。从照片上看,出入这个庄园并在这里就餐的,都是当地一些有身份或官职显赫的人物。院子中央还做了个人工假山,周围砌着小水池,各式各样美丽的金鱼游弋其间。院子角落处堆放了成堆的空酒瓶,在那些五颜六色、花花绿绿的酒瓶中,不乏茅台、五粮液、水井坊,甚至人头马的酒瓶标识。中午就我们四个人吃饭,三柱媳妇和孩子都住在县城里。三柱在县城里买了一幢临湖别墅,平日里他也是要回县城去的,主要还是为了孩子。他说:"读书嘛,农村的教育水平与城里毕竟有差距,老子已经输在起跑线上了,儿女可不能再输了。我已经明确了目标:儿子、女儿都要给老子一直读到博士!要让他们给老子扬眉吐气!"看来,没有上大学的人生遗憾,依然是三柱不可释怀的心结。

那顿午餐,小青不住地说:"不能吃了,再吃就会——"她两手在脸蛋上做着扩充的夸张手势,但她还是忍不住要吃。看来,这里的食材确实是太好了,即三柱所谓的正宗绿色食品。红烧甲鱼、清蒸鳜鱼、莲子焖麻鸭,仅这三道菜就让小青欲罢不能。小青的男朋友也是吃得满嘴油腻,几乎也没怎么说话。这顿饭,大家都专注地吃着,说的话也是围绕吃。一道又一道菜端上桌,最后只好把盘碟摞起来。三柱为这顿饭下足了功夫,或者说,是三柱的前妻范春花费尽了心思,目的就是要让我的前女友和她带来的男朋友留下美好深刻的印象。

午餐后,三柱派车送他们去县城的火车站,他们要赶下午的火车去上海继续旅程。临别时,三柱装了满满一大包他的"庄园牌"土特产送给他们。

小青突然冲过来,抱住我,哭了。"对不起啊!"她在我的耳边说,声音只能让我听见,"我知道你还爱着我……忘了我吧,重新找个好姑娘结婚吧!你也三十多岁了,你看看你的朋友三柱,日子过得多滋润,人生……其实就是一个过程……你说,是不是?"

她芬芳的气息,包括她微微的抽泣声,都弥漫在我的左颈项窝里,蔓延到我的后背上,她的嘴唇就贴在我的左耳轮上,她似乎要让我记住她此刻说出的每一个字。

我木愣愣地站着,垂着双手,甚至忘了搂抱一下这个娇弱美妙的躯体。我只是小声嗯嗯了两声,脑子里一片混乱,几乎说不上话来。事实上,是小青这突如其来的举动,和她对我说出的那些话,使我的大脑变成了一片空白……

一辆黑色锃亮的奥迪(三柱现在的座驾)从院子里扬长而去,我觉得心里变得又空又慌,仿佛突然被掏空了似的,视线也渐渐一片模糊。

三柱把手臂搭上我的肩膀,望着在乡村道路上疾驰而去的那辆光亮夺目的奥迪轿车,说:"真是个好姑娘!我就不明白,像你这样有文化的人,怎么会舍得放弃这个好姑娘!"

三柱这话,其实又狠又毒。

我抹了一把脸上的泪,觉得自己那一刻真是羞愧难当。

第十九章

其实,三柱早就不是一个简单的人了。

他的世界或许并不为我所了解,但我相信,他现在正逐渐玩转他的世界。他对我说过:"这个社会,你们怎么看,我不知道。我也说不上什么大道理,但我只知道,不是要社会适应你,而是你必须适应这个社会。你不适应,你就会被淘汰出局。道理就这么简单。"他能说出这样的话来,一定是深刻的经验总结。

记得去年春末,有一天我一大早去菜市场,是因为报社收到群众来信反映菜市场管理混乱的问题,报社领导把来信转给我,让我实地去察看调研一下。天蒙蒙亮,我就骑车赶到菜市场,远远地看见,菜市场大棚里人头攒动,声音喧哗。开始我以为这么早就来了这么多买菜的人,其实走到里面才知道,大多是菜贩子在送货上架,把菜摊子摆开来。地面上湿漉漉的,气味腥臭。大棚外后面停着一辆辆中型卡车,人们从那上面不断地卸下一捆捆、一筐筐新鲜的蔬菜瓜果,还有网箱里活蹦乱跳的水产品。

我走过去,很快就注意到一个扛着装满蔬菜的箩筐的男人特别眼熟,便忍不住叫了一声:"三柱——"

这个敦实强壮的男人停顿了一下,但没有转回身,而是继续迈着步子,直到把肩上的满筐蔬菜扛到摊位上卸下后,才朝我走过来。

"你这么早也出来买菜?是太阳打西边出来了!"三柱惊讶极了,调侃着我。

是的,在我们家里,长年累月操持着家务的是我妈,我和我爸几乎从来都是衣来伸手,饭来张口。在这之前,我几乎从来没有涉足过菜市场这种地方。

三柱用汗渍渍的衣下摆擦了擦双手,一边把我拉到旁边,一边说:"今后由我负责给你家送菜吧。"看得出,他忙得很,不想跟我交谈下去。我正要对他说,我并不是来买菜的,只是想了解一下菜市场的管理情况,是报社领导的指示,可是三柱往货车那边喊了一嗓子:"大狗子——"声音又亮又响,好像菜市场里面的人都听见了。就见从货车到大棚口那些扛着筐子的人群中跑出一个壮实的小伙子来,跑到跟前,来不及问,三柱就对他吩咐道:"以后你就负责每周往这位领导家送蔬菜,还有水产品,地址我回头告诉你。"那个叫大狗子的小伙认真看了我一眼,好像是为了记清楚我的模样,然后点头哈腰地说了一句"保证完成任务",并讨好地冲我点头微笑。三柱一挥手说:"你忙去吧。"他立马就跑开了。

我说:"我不是来买菜的,是来这里看看的,报社安排的任务。"

三柱打哈哈:"跟我客气什么?真是的。"然后就想甩下我走开。我拉住他问:"什么时候把蔬菜卖到城里来的,我怎么一点也不知道?

还有,你这个当老板的,怎么也跟着起早来扛筐子?"

三柱又撩起衣摆抹了一把脸上的汗,仰着脖子说:"卖到城里算什么?我下一步还要卖到上海、苏州、杭州去呢!现在是人手不够,忙不过来啊。我这个当老板的,那是说给外面人听的,其实是自己给自己打工。这一早上,我们已经跑了四个菜市场,出了三车货。跟你们城里人比,我早就习惯起早贪黑了。要不然,会有这身板?"他故意挺胸耸肩,还扬了一下粗壮的手臂,"你以为像江燕燕说的当个大地主,多神气,容易吗?"

正说着,就听见靠在大棚外面的货车那儿发生了争执,黑压压的一圈子人不知为何吵闹起来。三柱细听了一下,就变了脸色:"他妈的,麻烦事又来了!"便匆匆赶过去,根本没有跟我招呼。我随后跟了过去。

原来是市场管理员,一个干瘦而严肃的、穿着深蓝制服的中年人靠在卡车驾驶室门上正在开罚款单,说是没按指定地点停车,而且水产品和牲畜都没有出具相关卫生检验合格报告。三柱挤进去,人群马上安静下来。他把脸拉下来,粗声大气地喝道:"你们想干什么?想造反了不成?"

这话居然是对他的手下们说的,这让我非常吃惊。

"老王同志起这么早来检查工作,他容易吗?要不是为了大家好,他犯得着跟你们过不去?"我一时间有点丈二和尚摸不着头脑,但还是察觉出三柱这是在演戏,而且演得有模有样,"你们都给老子站到一边去,听见了没有？"

果然,众人都往旁边闪开了。三柱边说边挽着那个干瘦的叫老王的管理员的手臂,硬生生把他拉到卡车屁股后面去了。这一幕显得神秘莫测,好像他们一开始就有事要商量似的。我没有跟过去,但我还是隐约看见三柱在对那个老王耳语着什么,看上去两人的关系早已非同一般。他们在车屁股后面究竟做了什么,我没有亲眼看到。不多时,三柱和那个老王从卡车后面走了出来,彼此神情都换了原先的底色,开心而又释然,仿佛只是一场误会而已。那个老王夹着里面装着罚款单据的公文包,一言不发地从众人面前走过去,走进了前面那个声音嘈杂的菜市场的大棚里。众人都愣着,就像是这里从来也没有发生过什么。

三柱这时对众人喝道:"还愣着干什么？干活儿去啊！"

众人马上散了,我问三柱:"跟那个老王搞什么名堂？怎么就不罚款了？"

三柱嘿嘿笑笑,拍了我的肩膀,淡淡地说:"你还是去买菜吧,去晚了,就没有新鲜的了。"

见我没有迈开脚步,他又推了一下我的肩膀,把我从他身边推开了。随即他冲我一摆手,很快就消失在大棚里了。

后来,那封群众来信只作为"群众来信"在报纸上的《群众来信》栏目里发了。

三柱倒是说话算数,后来他真的时不时地就派那个叫大狗子的给我家送来时令蔬菜瓜果和新鲜的水产品,而给钱是从来不收的。

有一次我逼着那个叫大狗子的要他收下钱时,他才哭丧着脸,万般无奈地对我说:"我要是收了你的钱回去,三柱就会开除我,他就是这么说的。他还说,你是他的发小、兄弟。"

第二十章

一向平静安宁的小城,到了这年深秋,终于闹出了轰动性事件:小城里唯一的国家级经济技术开发区发生了群体上访事件,一连两天一夜将市政府大楼围堵得水泄不通,个别情绪激动的拆迁户甚至当场在政府大门前上演了寻死觅活的闹剧。后经多方做工作才暂时歇访了,但隐患未除。陶冶那时刚刚担任开发区管委会主任不久,据说,也正是他甫一上任就动真碰硬才导致了这种局面。一时间,陶冶成了焦点人物,小城上下议论纷纷。

报社决定让我带一名记者深入现场了解情况,写出一份报告来。总编辑是个刚过五十岁就谢了顶的老报人,额头上还披着几绺斑白的长发,一双深邃而疲倦的眼睛吊在老花镜的上方望着我。"我早就听说,那个陶冶主任跟你是发小,因此派你去最合适。"他满脸凝重之色,"当然,这也是报社的决定,写份详细的调查报告。开发区的群体上访事件影响很大,作为市委机关报,我们不能坐视不管。这个报告可以作为给领导提供决策的内部材料,如果合适,经请示再决定是否由报社编发报道。"言下之意,就是要我摸实情,查实据,写干货。

我当天就给陶冶打去电话,不想他当即在电话里恼怒地高声反对:"你们来不是添乱吗?新闻媒体一介入,那些人可能闹得更欢、更起劲了。"我说这是报社给我的政治任务,当前维稳是全市压倒一切的头等大事,而且这事报社领导已经确定下来了。"我怎么没有接到上面的通知啊!"他余怒未消,口气里含着责备与不满。我当然知道他是有能力阻止新闻媒体介入的,也就是说,他只要给市长或市委书记打一个电话,我们的采访行动就能立马终止。其实在当时,更令我吃惊的是,陶冶居然也会发如此大的脾气了,那么,他以往的沉稳从容呢?他那种处变不惊的定力呢?

看来,真的是事态严重得乱了他的阵脚。

后来他在电话里重重地叹息一声:"好吧,你们来吧,就当是我们工作小组的成员吧。"他那声叹息提醒了我,可能是碍于发小的情面,他不想那么做吧。

我带了一名报社记者,匆匆赶到开发区,跟陶冶见上了面。他刚刚从工地现场回来,身后跟着一群人。他阴沉着脸,气冲冲地对我说:"不是不欢迎你们来,是因为这件事我已经向市委和市政府立了军令状,解决不好,或者解决不了,我要被就地免职,还要追究责任,你知道不知道?!你想想,你们这个时候来,是帮我呢,还是加快我的倒台?"

在这之前,我几乎没有当面看到陶冶说话这么冲的,而且是冲着我来的。那种气势汹汹的架势,几乎一扫他当年身在政府机关时的斯文形象与沉稳举止。我想,是不是身份和角色一变,脾气性情也就跟着变了?

我低声说:"你就当我们是群众代表,参与见证你们的决策,如何?"

陶冶虽没再说什么,但依然满面愠色、不胜其烦的样子。他穿着开发区统一的工装,因为型号大了,那套淡蓝色的上衣口袋上印着工号的制服套在他那本就单薄的身上,就显得尤其宽大而空洞,几乎难以想象那里面到底有多少筋骨和皮肉。看得出,最近烦心的事弄得他焦头烂额,整个人也显得瘦小多了,甚至可以想象一阵狂风都有可能将他卷走。当时的这种观感也使我内心多少有些唏嘘:官至副局的陶冶,其实一直也在承受着他所不能承受之重,而他这副瘦削的骨架几乎就是写照!

走进他的办公室时,他突然叫了一句:"什么叫战斗在一线?我这就是战斗在一线!鱼目混珠,舆情复杂,陈年烂账,一地鸡毛……"

他把脏兮兮的手套塞进安全帽里,然后重重地扔在宽大的办公桌上。我又是一惊。在我的记忆里,我同样几乎从来没有看到过陶冶在外表上显出如此按捺不住的情绪,也从没见过他发牢骚讲怪话,然而这一次又一次地亲眼看到了——官再大,也有沉不住气的时候啊!

陶冶告诉我,这个国家级开发区目前项目开工率只有百分之五十,原因就是征用土地和房屋拆迁工作严重阻碍了项目落地建设。前任之所以被调离,就是因为不敢碰这个"马蜂窝",久拖不决,致使投资人撤资走人。陶冶就是在这种情况下被点将出马,虽说官升一级,但一上任就立下了要端掉这个"马蜂窝"的军令状。眼下这片拆迁区域位于开发区西北角的丘陵地段,由于最初政策落实不到位,大片被征用过的土地上早已杂草丛生,还有数十户尚未拆迁的破败的房屋和院落掩映其中。"

陶冶对我说,这是个年产值和销售额都过百亿的国内知名企业的高新技术项目,一期投入就是二十多亿元,一年税收上亿元,还可以解决几百人的就业问题。他边说边激动地拍响桌子,冲我叫道:"就是这么好的项目,却迟迟不能落地,不能开工建设!那些人一而再,再而三地要逼着政府让步妥协,增加征收和拆迁费用,有的还狮子大开口,完全没有一点大局意识、国家利益……"

他有点口干舌燥了,抓起办公桌的茶杯咕嘟了一大口,接着又将带入嘴里的茶叶呸地吐进杯里。"现在的问题有两个。"他摆动着手势,看着我,张开两个指头,"一个是项目投资方已经下了最后通牒,年底前如果完不成拆迁,就决定撤资不干了;另一个是西北角这个区域这样的闹腾,已经带动了整个园区的连锁反应,那些已经完成征收和拆迁的地方也开始要求增加补偿,否则就一起跟着闹腾下去。如今的征收和拆迁补偿政策已经不是当初的条件和价位了,你说,这事该怎么办?"

他用火冒冒的目光盯着我,仿佛这些问题都是因我而起。

我当然只能沉默着,心里早就是一团乱麻了——我哪里面对过这类棘手难办的问题;我闻所未闻,甚至连想也没有想过。我低垂着脑袋,暗自叹喟:"这官当的,也真是……"我体验不到那种感触和认识。

"现在,当务之急必须采取果断措施,要有策略、有步骤,必须扭转局面,绝不能听之任之!"陶冶径自说,走出办公桌,在我面前踱步着,"你不是要写调查报告吗?那好,我现在就告诉你,这个调查报告要是写成故事,其精彩程度不会亚于小说。"

原来整个开发区的群体上访事件是有一伙人在幕后策划煽动的,就是要借这个被政府重点看好的大项目急于落地之机,想狠狠地捞上一把。这些人不仅出谋划策、煽风点火,而且制订了行动计划,比如暗地里给每个参与上访者发放补贴,甚至承诺一旦政府答应了条件,将来大家都还能享受红利。他们就是要抬高整个开发区的地价,包括拆迁费用比率,从而更改以往的土地征用价格和拆迁补偿。于是,这种群体上访事件才形成如此恶劣的形势。

我听得一头雾水,想象不出事件的背景这么复杂而隐秘。看着陶冶那副胸有成竹的样子,我想,做官这件事,也不是一般人都可以胜任和驾驭的。

市委、政法委、市政府联合召开了专门会议,成立了若干工作小组,分头行动。这些小组都有着明确分工和任务,比如:由公检法和信访部门组成的暗访小组,一面下去了解实情,一面锁定幕后人目标;由政工干部和街道办事处的党员组成的调解组,重点宣传政策和法律,要求所有党员同志挺身而出,积极主动做好配合工作。陶冶带一个由国土、财政、民政等部门负责人组成的工作组,直接蹲点西北区域做拆迁户工作,一户一户地谈。

我带着一名记者就跟随在这个组里。由于前期政策兑现的不统一,落差比较大,因此面对那些拆迁户要用一个标准尺度来做工作难度就很大。这个过程也使我吃惊地发现,陶冶外表的那种持重稳健,其实是有定力做基础的,他的原则性、对政策的理解力和那种可以用老百姓的语言谈家常式地讲道理的本领,真是让我刮目相看。特别是当他一旦现身于那些破旧的房屋里,面对那些拆迁户情绪激动,甚至急躁粗野的反应时,他始终能保持一派谦虚谨慎、友善诚恳的态度,让人觉得亲切和蔼,从而也就大大缓解了那种紧张对峙,甚至剑拔弩张的气氛……

局面的扭转是在所谓"收网行动"之后,也就是幕后的害群之马被刑事关押后,征收和拆迁工作终于得以顺利推进。然而,谁也没有想到,在解决西北区域最后一家拆迁户时却出现了非常情况。

那是一个周末的上午,我还在睡梦里,放在床头柜上的 BP 机突突叫唤着,我伸手抓起一看,是那个跟我同行的记者发来的:"主任,请速赶到开发区来,有大事发生。"我一骨碌下床,来不及洗漱,穿好衣服就跑出家门,在街口拦下一辆的士就直奔开发区。

那天,风和日丽,天高气爽。这样的天气总是让人心情愉悦而舒畅，因此一路上我并没有把所谓"大事"想象得多么严重。然而，等我来到开发区西北区域的拆迁现场时，我惊愕了——黑压压的人群，密布在那个像孤岛一样残缺而破败的房屋周围，房顶上一个光裸着上身的中年男人系着一条破旧的松松垮垮的裤子，光着双脚站在屋脊裸露出来的横梁上，正声嘶力竭地吼叫着什么。四周吵嚷不已，空气里也弥漫着一触即发的恐怖氛围。我往人群里挤去，挤到前面才看到众多神色威严的警察已经排列成人墙，阻断了人群向房屋的进一步靠近。几台巨大的挖掘机停在主屋墙角，处在随时待命的状态，而旁边厢房已经被拆除，瓦砾、桁梁和砖头堆得到处都是。屋顶上的那个中年男人不断地在威胁着，谁要是再靠近房屋或胆敢上房来，他就死给大家看。这时我看到了陶冶站在前排，身边围着几个区里领导。他一脸愁云，透过镜片，冷静的目光紧紧锁定着屋顶上那个中年男人的一举一动。中年男人不时地挥动双臂，要求周围人安静下来，但周围就是安静不下来。

　　渐渐地，我听清了屋顶上那个中年男人在吼叫着："……你们这是欺压百姓，欺骗百姓！老子今天就是要跟你们拼了！你们胆敢扒掉老子的屋子，老子今天就一刀把自己宰了！"

　　我这才看清了站在屋顶上的那个家伙手里果然是握着一把亮晃晃的匕首，几乎每说一句，那只握着匕首的右手就要在空中横扫一下，仿佛他正在跟空中那个假想的敌人搏杀，而且显得勇敢无畏。

　　站在陶冶另一侧的一位村干部模样的人这时举起喇叭对上面喊

话:"狗扒啊,你不要听信那些鬼话!根本没有的事!你下来,下来有话好好说!狗扒,你不能这么干,这么干怎么会有好结果呢?"

"你闭嘴吧,王富德!你这个村主任也不是什么好东西!哪家给你的好处费,你没有拿过?哪家给你的便宜,你没有占过?你还好意思来劝老子,你是跟他们串通一气了又想来欺骗老子吧?"

"狗扒,你这个猪东西!吃屎啊,你那脑袋长得……"那个叫王富德的村主任愤怒地冲他骂道,老脸上白一阵黑一阵的,握着喇叭的手都哆嗦起来。

"老子懒得理你,今天你那个村主任的官,连狗屁都不是!"屋顶那个叫狗扒的换了语调,冲下面黑压压的人群叫道,"老子今天要跟这个开发区的一把手讲话,就是那个姓陶的,他来了没有?"

陶冶一把从王富德的手里夺过那个喇叭,朝屋顶喊道:"我就是那个姓陶的,开发区的一把手。"

"你上来,老子今天就跟你谈。"狗扒在屋顶叫着。

陶冶挤出人群,我赶忙上前拉住他:我知道到了屋顶上一旦发生非常事件,陶冶就难辞其咎,何况,他自己也将陷入险境。但陶冶一把推开了我的手,径直走进了那间黑洞洞、像是随时就会坍塌的房屋里。这时候,周围好像突然安静下来。不多时,陶冶的脑袋从破败的屋顶上露出来,慢慢地,他也爬到了横梁上,站了起来。叫狗扒的立即用匕首对着陶冶,要求陶冶不能靠近他。于是我们在下面看到,屋顶对峙着的两个人就像马上要展开决斗似的,彼此保持着随时可以突袭对方的距离。两个人在屋顶上开始了对话。

陶冶:"狗扒,你怎么能言而无信呢?拆迁协议明明已经签过了,你怎么能出尔反尔?"

狗扒:"那是狗屁协议!老子不承认。是你们欺骗我签的字,现在老子不干了。你们这些当官的,都是当面一套,背后一套!你们官官相护,就是欺压我们这些无权无势的平头百姓!你这个当主任的,今天不给我一个明白的答复,老子就死给你看!"

狗扒又一次将匕首在自己的脖子上横压了一下,仿佛随时准备结束生命。

陶冶:"狗扒啊,你不能剃头挑子一头热,只顾着自己这头。你一个人说到现在,大家都听见了,就好像你是个吃黄连的,别人都是吃西瓜的,只有你知道苦。今天咱俩就打开天窗说亮话,上了武当耍把式,谁也骗不了谁——我们欺骗你什么了?又是背后哪一套?你拿出真凭实据来,我就现场答复你。"

狗扒:"那好,老子今天就全说了。张大保家的拆迁多给了十五万元,就是因为他舅舅在省交通厅里当处长,给你们领导打了招呼照顾的,是不是?他妈的,他家的房产面积和土地都不及老子家的一半,他凭什么?就凭他舅舅在省里当处长?还有王翠花家的茅房和屋后小披厦也作为正屋计算了面积,有没有这回事儿?她家又凭什么?就凭她老姨是市计生委的副主任?还有就是老光棍二流子三疤,这回也分配到了两套三居室的安置房,他凭什么?就凭他一向好吃懒做,天天上访缠着市里大领导,就可以特殊照顾？就连三疤自己都说'这年头,不闹不解决,小闹小解决,大闹大解决'……"

正这时,人群里突然有人高声冲上面叫骂道:"狗扒,老子三疤啥时候得罪你狗日的？你狗日的啥时候看见老子三疤分了两套三居室？你狗日的今天有种不把自己脖子抹了,就是老子三疤的龟孙子！"

现场一下子热闹起来,吵嚷声和议论声淹没了屋顶两个人的对话。陶冶往下面大声喊道:"大家安静,安静！你们都听见了狗扒说的吗？"

下面有人仰着脖子回应道:"听见了——"

"那好,我就来答复狗扒说的,你们可要听清楚了。"陶冶把脸转向面前不足两米之距的狗扒,"狗扒,我现在答复你是有条件的。"

"什么条件？"狗扒紧张地问,身子往下弓了弓,像是感觉到了冷似的。

陶冶淡然一笑:"我这一大早就被你从被窝里招来,你这阵势一上来又吓得我三魂丢了两魂半,又不请我吃饭又不约我喝茶,甚至把我请到这屋顶上来陪你站到现在,连声谢都没有,还提了一大堆道听途说的问题要我答复,你就不想想是不是也应该答应我点什么？"

"我能答应你什么？"狗扒的声音降调了,好像被什么惊着了。

陶冶向他伸出手去:"把你手上的刀子给我。"

狗扒猛地把手里的匕首握得更紧了,身子又直了起来:"你还是怕我寻死啊！我死了你就没法交代了吧？我死了,你们那些官官相护的丑事就要暴露出来了,你们都跑不了要被处分法办了吧?"

陶冶一挥手,愤怒地打断他:"你说错了,狗扒!你死了,是对你的老婆孩子没法交代了,对你的爹娘和兄弟姐妹没法交代了!"

"你就不怕我把刀子给了你,我还可以从这屋顶上跳下去死?"

"这屋高不过五米,你跳下去摔不死的,摔残的可能性倒是很大,那可就是你给自己下半辈子找的罪,是你自己要祸害你老婆孩子,也是祸害你爹娘了。"

"你怎么能保证你的答复我就能满意呢?保证不是糊弄我,欺骗我?你就不怕我回头还可以去寻死吗?"

"我答复过了你,剩下的就是你自己的事了。你爱怎么寻死都可以。"

两个人的目光就在屋顶上对视了很久,周围又一次突然安静下来,仿佛大家等待的就是这一刻。狗扒在犹豫着,看看陶冶,又看看自己手里的那把匕首,最后他好像想通了什么终于把手臂向陶冶伸过去,将那把匕首交给了陶冶。陶冶接过匕首就一转身猛地挥臂将它扔到屋后那一片荒草丛里,然后面向屋顶下越聚越多的人群扯开嗓子说道:"大家听好了,我现在就正式向狗扒,也向大家作出答复。今天巧了,有新闻单位的同志也在现场,他们也可以见证我说的话。请新闻单位的同志把手举起来。"

我和同行的记者在人群里举起了手臂,身边人纷纷侧目,那神情好像我们这是潜伏在他们身边似的。在陶冶看来,现在就是公开我们的记者身份的时候。

"在答复之前,我仍然要郑重地说几句关于开发区的项目建设和发展前景。"

陶冶轻车熟路、水到渠成地将开发区项目建设的意义、重大影响、未来蓝图说了一通,显然这些都是他早已烂熟于胸、倒背如流的台词。然后,他巡视着屋顶下的人群,语气变得饱满而坚定:

"截至目前,我们没有做出任何超越政策界限的事,而且没有任何例外!就是说,狗扒说的那些,完全是个别人的造谣惑众,混淆是非,别有用心!我们已经抓了一批,如果查实了仍然有人在这么干,我们将坚决打击。我这样说,并不表明我们的征用拆迁工作过程中就没有一点瑕疵,特别是在跟踪服务和政策宣讲方面,问题就不少,也引起过各种误会和理解上的差异。但我告诉大家的是,我们自始至终都顶住了压力,坚决按政策办事,是一把尺子量到底的!至于说到张大保、王翠花,还有三疤的情况,我可以向狗扒公开他们签订的拆迁协议,看看里面有没有违背政策的地方。如果有,那就是我今天在糊弄狗扒,欺骗狗扒,也就是在糊弄和欺骗今天在场的所有人,我请求组织上撤我的职,追究我的责任;如果没有,大家就要一起按照政策来办,谁也不是例外,包括狗扒,谁也不能以一己之私利来阻碍开发区的项目建设!——我今天要说的就这些,要答复的也是这些。"

说完,陶冶就独自从屋顶上下去了,好像屋顶上原来就他一个人似的。也就是说,他再也没有招呼狗扒,甚至再也没有看一眼那个身子有些瑟缩的狗扒。

陶冶下去后，我惊异地看到，那个瘦小干瘪的狗扒突然在屋顶的横梁上蹲下身子，呜呜地哭起来，那光裸的脊背在阳光中闪着油光光的亮泽。

当天，陶冶就主持召开了现场对话会，在村部人头攒动的大院子里，一个人站在人群中央，先是介绍宣讲政策，后是说明逐户兑现的条件依据……他声音洪亮，正气凛然，那气场和阵势，跟平日里那个持重老成、谨慎沉着的陶冶又判若两人。

那份关于开发区群体上访事件的调查报告，提交上去后受到一致好评，市里主要领导还在报告上作了重要批示。报社领导觉得这个新闻由头很好，要我趁热打铁给陶冶搞一个长篇通讯，在全市范围内好好宣传一下。陶冶却坚决反对。

"偌大的开发区好不容易消停下来，项目也总算开工建设了，这个局面也真算是费了九牛二虎之力！现在，你可不要再把我推到火山口去！"他最后告诉我，"你知道的那些，还只是冰山一角呢！"

第二十一章

转眼就到了年底，我去深圳参加了一个新媒体科技展览会，会期两天。我是乘飞机去的。大巴将我从机场直接送到会务组指定的酒店。我拎着旅行包下了车,一眼就看到李二站在酒店的门口向我招手。

我们兴奋地相迎着拥抱在一起。

李二比以往更加瘦削,骨架也显得更加单薄。拥抱那会儿,我的双臂几乎不敢用力将他平直的后背抱紧,生怕伤了里面的骨骼。他的形象与我逐渐发胖起来的身体形成鲜明的反差。我就纳闷了:他这是始终吃不饱饭呢,还是成心要弄这样,抑或是患病了不成?在我们彼此互相打量时,我这么问他,他打趣道:"现在不是流行骨感美吗?我这是在赶潮流呢。"

来参加这个会是我向报社总编争取的,目的就是想来见李二,看看他眼下的状况。

李二依然留着长发,穿着简便,一件深蓝格子衬衣,一条破旧的牛仔裤,一双旅行鞋,看上去显得松垮随便。他面容清癯,戴着金丝边眼镜,眼光亮澈,透着内心的喜悦之情。

来到宾馆我住的房间里坐下来,我给李二沏了杯茶,他点着烟吸着,又一次仔细打量了我一番,认为我选择回内地小城可能是对的,体态发福了,身板也比过去壮实了,看来,还是家乡的水养家乡的人啊,而且重要的是大小也混成报社编辑部副主任了,坐飞机来深圳开会也算是个人物了。李二的话语里其实透着一种揶揄,我听得出来,但还是觉得挺受用。我知道他对我当初不辞而别回了内地的举动,多少还是有些耿耿于怀的,至少他认为身边失去了一个好伙伴。当然,从见面到现在,在彼此相视的目光里,我依然能够感受到那浓浓的从小到大一路相伴的好兄弟的情谊在温暖地传递着,让我心里一直舒畅着。

夕阳从对面高楼大厦的玻璃墙面反射过来,把房间里映照得如同舞台一般灿烂夺目。酒店下面就是车水马龙的深南大道。我们聊着闲话,有关胡子的、三柱的、陶冶的,我发现李二知道得很多,我猜想,江燕燕可能把我所知道的和不知道的都告诉了李二,或者说,李二可能知道的情况比我还多哩——果然,有关我那个前女朋友小青去内地的情况李二也知道得一清二楚。这会儿,他就半开玩笑半认真地对我说:"要不要通知小青也赶过来聚一聚啊?现在从珠海到深圳,也就是从点菜到上菜的工夫。"

"拉倒吧,"我说,"人家明年春节就要结婚了。"

"你怎么知道?"李二神秘兮兮地问。

我说:"上回她去我那里时就对我说了。"

李二仍用那种逗趣的调子说:"那现在怎么知道情况是不是有变化?再说,她就是春节结婚,赶过来跟前男友吃顿饭又能怎样?何况她还带着现任男友受到过你这个前任男友的热情接待呢!如果她觉得方便的话,也可以把现任男友带过来,你也不会介意吧?"

我意识到李二这是故意在调侃我、嘲讽我,便猛一挥手:"你打住吧!你还是说说你的江燕燕吧。"我不想让他继续小青这个话题——那真是我内心的隐痛。

"为什么要说江燕燕?"李二故意装作一本正经的样子,"就是要说,也是我跟她说啊,犯得着我跟你说吗?"我被他这话问得涨了个满脸通红。

闲聊中,天色渐渐暗淡下来。

"该吃饭去了。"李二说着站起身。"我首先声明一下,高档酒店我可请不起,正宗海鲜大餐也请不起,这叫丑话说在前面——咱可是一介贫寒的书生!"他的手臂揽上我的肩膀,走出了房间,"不过,有朋自家乡来,酒还是要喝的,地主之谊还是要尽的。"他说话的腔调和态度与以往那个冷峻严肃的李二相比,似乎变化了许多,感觉就像浓烈的酒里掺入了温水,变得可口柔和了。我马上就觉得这个变化让人感觉舒服多了。

穿过大街,拐进小巷,他领着我走进一条深巷里一家名叫"红玫瑰"的小酒店里。

"这是个颇有情调的地方。"他略显神秘地说,"当然,更主要的是这里便宜。"

这家伙,越是这种说话的调调,越是让人喜欢了。

我脑子里在想,是诗人梦本身的挫折,还是又冷又硬的现实迫使眼前这个李二由当初那杯浓郁的烈酒,变成了如今这杯不得不掺入世俗而妥帖的温水,从而使他的趣味也变得越来越世俗大众了?

小酒店里混乱而嘈杂,弥漫着似乎无法驱散的刺鼻的油煎爆炒的气味与浓重呛人的烟草味。与深南大道所展现的那一华丽气派的世界比，这里简直就像贫民窟了。

"就这里也敢叫'红玫瑰'?"我用手掌在鼻子前猛扇着，对李二嘲讽道。油烟呛得我咳嗽起来，眼泪都快下来了。

李二不以为然地笑笑："这里的'红玫瑰'可不是用鼻子和眼睛来体验的。"

我看见每张酒桌上都围坐着衣着粗俗的青年男女在喧闹地吃喝着。看得出，在这里吃喝的大多是工薪阶层和下层人士。穿过拥挤的厅堂，地面上散落着扔弃的纸巾、烟蒂，还有痰迹，后面是个小院落，里面是一间间狭窄的卡式厢房，好像是专供情侣用餐的。这里仅剩下一间空座了。穿着油腻而又花哨的服务小姐，把我们领进靠里面的一间光线暗淡的厢房。我们坐定后，发现像是坐进了KTV包厢似的，彼此脸上都蒙上了一层虚幻的粉红色。李二对我说，他经常一个人来这里喝点小酒，发发呆。

卤水花生、油炸皮皮虾、葱爆海蚶、红烧鹅翅，外加一瓶十年老窖。其中，葱爆海蚶、红烧鹅翅，据李二说是这家小酒店的拿手菜。我迫不及待地尝了尝，果然鲜美无比，顿时就胃口大开。李二咕嘟咕嘟往两只玻璃杯倒满了酒，放下酒瓶，就举起杯来，动情地说道："阿贵，见到你，我太高兴了！自从接到你的电话说你要来，我就一直这样高兴着，直到此刻！在这个越来越繁华，也越来越物质的都市里，我真的感到自己犹如置身在荒无人烟的沙漠里，在浩渺无边的大海里。"他那陡然光泽四射的目光提醒我，他的诗情又将先于酒意而泛滥开来，"因此你的到来,真的让我倍感欣喜!来吧,为这欣喜干杯!"

他一板一眼,辞藻讲究,在别人看来可能是矫情、做作的诗人做派,在我内心却是依然如故的真诚和亲切。

他一仰脖子就是一大口,差不多喝下半杯,也来不及用纸巾擦拭一下嘴唇上沾着的酒水,也不用筷子,而是直接伸手抓起一小把卤水花生扔进嘴里嚼着,显得满足而幸福。这个曾经相当矜持、讲究规矩和气度的诗人的这番举动,令我当场有些瞠目结舌——我从未目睹过啊,即使是在海南那样艰难的日子里,他也是会不紧不慢的,甚至是有条不紊的。不仅如此,在我的记忆里,类似于喝茶吃饭这种场合,别人的造次,别说举止了,哪怕是言行放肆,也会让他觉得不可原谅,当场侧目。

不知怎的,看着尚未擦拭嘴唇上的酒水,嘴里就粗俗地嚼着用手指抓来的花生粒,脸上还挂着得意自乐神情的李二,我心里突然有种酸楚的感觉——曾经的那个李二是多么自持、静雅,甚至洁净啊!他曾经又是多么不能忍耐或厌恶这样的粗俗不雅。我还记得当年有一次胡子就因为在饭桌上嘴角沾上了一星点儿纸巾屑子,他竟然要求胡子"回家去洗洗脸吧"……

我们自然聊到了过去在一起的时光,话里话外仍透着一如当年那样惺惺相惜的情愫。由于这样的氛围,我竟然有些怀念起昔日我们在一起那些灰暗而屈辱的日子,可能就因为其中的单纯、幼稚,还有天真吧。现在看来,那一切好像都变得新鲜了,就像未曾经历似的,呈现出梦幻般的云彩。

后来,他跟我说起了眼下的处境。他在如今就职的那家时尚杂志社里干得并不开心,或者说,所谓工作要想做得开心,对他来说近乎是一种奢望。他仍做版面文字编辑,也一如既往地一丝不苟,对于那些前卫花哨、时尚奢华的版面样式,他从一开始的新鲜好奇、叹为观止到逐渐厌烦腻味、了无兴趣,甚至抵触反感,因为他那优秀出众的文学功底,在修饰美化那些浮华的时尚潮流方面往往显得力不从心、词不达意,甚至"功力"也极其有限。还有更让他难堪而压抑的是,如今的他出现在那些大多是八零后的孩子面前已然是个大叔了——这是他过去从来也没有想到过的——而这些孩子大多是海归,也从来不好好说话,经常是中英文混搭,他时常像个傻瓜一样被他们一再 OUT(淘汰)……李二只是简单地说了几个事例,比如版面往往被退回重做,不是因为设计和图片,而是文字不符合潮流,没有出现眼下流行的热词新词,没有真正在语言上体现出杂志所需要的"时尚元素"。

"不说这些了,"他取下眼镜,放到桌角,疲倦地用左手拇指按在脑门上揉搓着,"说起这些来,心里就堵得慌。"他闭着眼睛,轻微地叹息一声。

一瓶酒喝去一大半,李二好像有些酒意了,说话声音变得低沉下来。包厢里,那层灯光带来的粉红色好像也从他脸上褪去,变成了深灰色,他这时用迷离的眼神专注地看着手里握着的快要喝干的玻璃杯,似乎想看清楚那上面是不是写了些什么。

"坦率地说，这一年来，生存的压力几乎要令我崩溃！"他说，呼吸有些沉重的样子，"我从来都没有像现在这样，对未来有种不一样的迷茫，仿佛不可捉摸又无法把握，或者说，未来从来也不像如今这样变得具有不确定性了，有时候甚至令人感到一种不可预期的恐怖！它们早已不是我青春期遭遇的那种仿佛是看得见摸得着的，而现在的更像是一片空白……"他放下手里的玻璃杯，双肘支在桌沿上，又闭上了显得疲乏的眼睛。

"我似乎走在了一条不是我自己选择的，而是命运事先就安排好的人生道路上，这种意识和感觉常常令我不寒而栗。我记得胡子就曾经说过'命运就是命运决定的，谁是什么命就是什么命，争也没用，不争也没用，早就潜伏在那里，改变不了的'。我当初以为这是一句愚蠢透顶的话，可是现在想来，这话好像就是说给我的，也难怪我当初险些跟他争执起来。"那都是十多年前的事了，李二居然都还记得。

他这时睁开眼，眼眶有些红了，像是酒精使然。他看着我，眼眸里闪烁出晶亮亮的微光。"我记得，你回内地后曾经对我说过：'我们的时代结束了！'这话我也思考了很久，对我触动很大。是的，我们的时代结束了，或许是真的结束了，可那又怎么样呢？至少我的追求没有结束，我的梦没有结束！而且更重要的是，我并不后悔我所走过的路，既然都走过了，后悔还有意义吗？我想告诉你，甚至是想告诉所有的人，无论是我自己的选择，还是命运的安排，我都会继续走下去，走只属于我自己的路，决不回头，也决不悔恨！"

他情绪又上来了,愤愤的语气就像是在诅咒着。

包厢里通风不好,粉色暗淡的光线里,一团团一缕缕的油烟雾幔在狭小的空间翻腾迂回,散不出去。我俩沉默下来后,渐渐地就听见旁边包厢里的情侣们在卿卿我我,有一阵阵窸窸窣窣的响动和肉麻的情话悄悄传递过来。

我有些忍不住了,把来深圳之前就想说的话终于说了出来:"算了吧,你还是打起铺盖卷儿跟我一块回家乡吧!"

我觉得必须跟李二坦诚相待,实话实说了。我来深圳之前,还去了李二家里一趟看望他妈(在小城,我经常会去探望李二的母亲,也约过三柱和江燕燕一起去过,每次去也总是要带着营养品给老人送去)。老人家是看着我们长大的,小时候几乎把我们也当自己家的孩子一般看待。自从李二他爸去世后,他妈的身体就加快了衰老,后来几乎不能下地走动了,平日就躺在床上吃喝,跟李二的姐姐、姐夫住在一起。李二的迟迟不归,早已伤透了老人的心,她就当着我的面说过:"就当李二死在外面了!"苍老的脸上和眼眶里早已没有一滴泪了。

为了加强我的说服力,我又把自己回到小城这些年里的变化和感受说了出来。

李二怔怔地看着我,听得很用心的样子,然而越往后听,他的神情就越显得意外和惊讶,仿佛我说的都是遥远的故事,最后他无力地晃荡着脑袋,似乎无法接受我的观点。

我当然理解他一直以来强硬而执着的自尊心和虚荣心。

"是的,家乡跟这里的五光十色比,物质和精神层面都不在一个层次,但是人总是需要让自己松弛下来,也就是让内心平静下来的,在那样的生存环境里,人的尊严感可能才会更充实些吧……"我对视着他的目光说。他继续沉默着,后来又无力地闭上眼睛,似乎一点也不想听我说下去了。但是我继续说:"你是不是以为自己在外漂泊奋斗了这么多年,就这样两手空空地回家乡,也太失败了,甚至就是一种耻辱?"

李二猛地睁开眼睛,惊诧得放了红光,接着僵硬地点了头,表示同意。

我接着说:"可那又怎么样?我当初卷铺盖卷儿回去,就是承认自己混得很失败,我对自己说,我本来就是一个平庸的人,我为什么不老老实实地回去过平庸人的生活呢?……"

李二这时才高声打断我:"那是你的认为,是你对自己的认识,你不要强迫我等同于你!"

我马上意识到,他不仅在态度上对我抵触了,而且还要跟我划清界限。

"李二,你要搞清楚,我还是那句话,咱们的时代过去了,在咱们那个时代里没有实现的梦想,也过去了,甚至是永远地过去了!机遇也罢,能力也罢,条件也罢,反正那个时代成功的班车咱们已经错过了、耽误了,你明白吗?而如今是另一代人的时代了,他们的人生观、价值观、世界观,也就是说,他们想的、做的和追求的,跟咱们那一代不是一回事了,所谓不在一个起跑线上了。甚至可以说,人家已经不带咱们玩了,咱们还要硬撑着跟人家耗在一起、熬在一块儿,有这个必要吗?"

我没有想到,为了反对我,李二这时居然举起了手,就像小时候在教室里向老师表示需要发言似的。那只举起的右手不断地摇晃着,像是完全听不得我继续说下去了。

"阿贵,我不能苟同你的观点!不能,决不能!——你的话倒使我觉得我早应该进入历史的垃圾桶里了,或者说,早应该退出我梦想的'江湖'了——不!我追求的'江湖'其实非常简单,也就是生命里、自然里、人性里的美,也就是我们的人生本应该有的真和善。可是让我弄不明白的是,如今的人们究竟是怎样理解'成功'的?如今到处泛滥成灾的'成功学',把功利、官位、金钱提高到了人生显贵至高的标准尺度,为此,丛林规则、弱肉强食、坑蒙拐骗、欺上瞒下,甚至男盗女娼……如果这个世界就剩下这些了,那么这个世界还有意义吗?"

"你为什么凡事一定要追问意义呢?"我一点也不想退让。

"不追问意义,我们还有必要活着,像一具行尸走肉?"

他如此坚决地回击我,顿时使我哑口无言。

在我预备着与他辩论的后面章节里,我会对他说,面对你生活在小城的老母亲的奄奄一息,还有你姐姐、姐夫的艰难处境,你如此袖手旁观,长年不管不问,这样做你道德吗?这样做,跟你追求的那些所谓人性美呀善呀什么的不自相矛盾吗?说白了,你可以成就不了你的人生理想事业(这句话,我相信他至死都不会心甘情愿地加以承认),难道做一个孝顺、恭敬、谦卑的儿子也不成？……

我们又沉默了，但这回的沉默酝酿着一种紧张气息在里面，仿佛彼此都感觉到了那种随时可能撕破脸皮的爆发感，而一旦爆发就极有可能葬送这么多年的深厚友谊！

不过，他的话还是使我猛然省悟到，我早就在苟活了，而且我还必须承认，这就是我自己的人生选项——谁能看不到这个世界上如蚁如蝼的芸芸众生？如蚁如蝼的芸芸众生，不就是这个世界的原生态吗？历朝历代都过去了，不还是他们在一轮又一轮地完成着平凡生命的轮回？跟一个普通的唐朝人比，跟一个普通的宋朝人比，就是跟一百多年前一个普通的清朝人比，你不也还是芸芸众生里面的一粒微小的尘埃吗？……

李二微微低下头，喝酒，吃菜，也不再招呼我了。那种持续的静默氛围，对于我们两个有着三十多年兄弟友情的发小来说，其实是相当尴尬的。那是我生平第一次感到跟李二之间在观点和认识上存在差距，而且不无悲哀地意识到，是难以弥补的距离。

这时候，我还是忍不住说了一句我一直想说的："李二，你想没想过江燕燕？你还打不打算娶人家？……"

不想李二当即就打断了我，瞪着眼，甚至用筷子在菜碟沿上狠敲了一下："阿贵，你话题扯远了！我现在一点也不想谈到江燕燕。"我清晰地看见，他瘦长而透红的细脖子上暴露出条条粗筋来。他黑沉着脸，喘着粗气，像刚跑步回来一样。我当然明白他此刻一点也不愿谈及江燕燕的心境,那正是他的心病所在。

半晌,李二才又开了口,好像把心绪理顺了,头脑也清醒些了,只是声音变得有点沙哑:

"阿贵,你替我想过没有?我即便回去了,又能干什么呢?或者说,我又能成全自己什么呢?仅仅是回去做个孝子吗?仅仅是回去做一个丈夫吗?可那又是一个什么样的孝子,一个什么样的丈夫?这些年里,我不是没有想过要打道回府,从头再来,可是人生的回头路,我还走得起吗?从大学毕业至今,我从来也没有承认过自己是在虚度年华或荒废光阴——没有,从来没有!我甚至从来也没有怠慢和敷衍过任何可能的机遇,我努力着,勤勉着,也尽量修正着自己不合时宜的性格,譬如跟人较劲顶真,遇事感情用事……可是现实总是不尽如人意,这种无能为力的局面,我又能奈何什么呢?是的,诗歌一直是我崇高的梦想,那么是诗歌毒害了我,耽误了我的前程,以致我面对现实总是陷入困境,甚至变得与现实格格不入?——不,我从来也不这么认为!恰恰相反,诗歌给我的人生带来了太多美好的享受和生命体验,跟这种享受与体验相比,人生那些物质的又算得了什么呢?只是事到如今,我越来越害怕把诗歌与现实进行比较,我也不得不承认,生存才是冷酷严峻的,才是严肃认真的,甚至才是第一位的,如果我连这个第一位的问题也无法解决好,那么我又能成就自己什么呢?回到前面说的,这能让我做好一个孝子,做好一个丈夫吗?——这才是我内心最为痛苦的地方!"

他长长叹息一声,垂下头,手指梳理着头发,后来又抓揪着,仿佛这正是绞尽脑汁的时刻。

"这真是一个诗人不宜的时代吗?"他哀伤地自问道,"好像自从我离开故乡那一天起,就应该知道会有这一天的。"

已经半夜了。从深巷里走出来时,李二单薄的身子就一直在不胜酒力地踉跄着,我不得不搀扶着他。到了街头,灯火辉煌,人潮汹涌,豪车如梭,空间里满是霓虹灯闪烁,像是突然换了一个世界。李二突然一摆身子挣出我的手臂,直挺挺地靠到街边的路灯杆上,沉重地呼吸着。他这会儿脸色苍白,双眼紧闭,从皱成一团的脸看,他似乎忽感痛苦不堪。我以为他是想吐,就上前想拉走他;我观察了一下,旁边并没有垃圾桶,如果他吐在那里,又是路灯下,那会很难堪的。不想他却一把推开了我,接着闭着眼,做深呼吸,一口比一口深且长,像在练着什么气功似的。突然他扯动嘴角笑了,像是在梦里那样笑着。

"阿贵,你也呼吸呼吸这里的气息吧!"他大声说,一点也不顾忌这是在人流如潮的街头,"从这气息里,嗅得到从深圳湾那边飘过来的海洋味道,还裹挟着新鲜的海藻腥气,你注意品一品,透过这层淡淡的腥气,你就能看到那一片蔚蓝色的海洋,一望无垠,壮美辽阔……"他又深沉地呼吸了几下,继续说,"这气息里,还有烟草味、脂粉味、酒肉味、血汗味,甚至精液味……"

他梦呓般地抒发着,引得路过的男女纷纷投来怪异而惊愕的目光。我几乎强行把他拽走了。他摇晃着身子,一条手臂无力地甩动着,另一条手臂和半个身子压在我的身上,伴着他依旧沉重的呼吸声一紧一缓的。他好像仍然是闭着眼睛的,大脑仿佛也处在另一个世界了。

我们走到一幢大楼侧翼的避风处,就在这时,他又大声说出话来,这些话连同他愤怒地吼出来的声音顿时令我震惊不已:

"如今,从树上落下的叶子也会砸到诗人。"我在一瞬间就吃惊地回想起,这话好像是胡子说过的,"我要告诉你,阿贵,我就是——那个忠贞不渝的诗人!我就是那个——当代的堂吉诃德!……"

后来,我叫了辆的士,把李二送回到他的出租屋里,安顿好他后我才离去。

那是一间郊外农民私自搭建的小屋,隐秘在高楼林立的楼群夹道间,里面阴暗潮湿,一扇格子小窗几乎消散不了屋内年久沉积的阵阵霉味。一张顶着两面墙的硬板床铺,上面团着皱巴巴的被褥,显然长时间都不曾整叠过,床脚处架着一只旅行箱(那里面或许就是李二的全部家当),一把缺了一条腿的椅子靠在门后,那上面摆着暖瓶、茶杯、牙膏、牙刷之类,也是污垢不堪的样子。床头这边有一张课桌似的写字台,上面堆满了书、纸屑和一台老式笨重的笔记本电脑,还有一只健力宝饮料的空铝罐做的烟灰缸里也塞满了烟头。让我眼前一亮的是,一张江燕燕穿着学士服的毕业照片立在书堆里,像是曲径通幽才能发现她似的:美丽而青春的江燕燕灿烂地微笑着,目光里满是幸福的期待……

我将自己钱包里的钞票抽出来,就压在了这张照片的下面。

在打车回酒店的路上,不知怎的,我的眼泪就默默地流下来。

春节,李二还是没有回来。

第二十二章

开春后一天,一个蓬头垢面、胡子拉碴的男人径直来到报社我的办公室,吓了我一跳。

"胡子——"我从稿件堆里站起身,惊诧地脱口道。

对方愣在那里,渐渐地,嘴角露出惨淡而凄苦的微笑,就像是他执意要等到我确认他似的。

于是我走出办公桌,迎上前去:"你这是演的哪一出啊?"

我上下打量着眼前这个面容疲惫、衣着邋遢的男人,心里百感交集。在我的印象里,好像就在昨天,他还是那个阔绰牛气、梳着油亮亮的大背头的胡老总,身边还带着那个性感丰腴的黄小姐,风度翩翩地招摇过市——那记忆太深刻了!怎么一转眼,竟落魄成这副潦倒的模样?

胡子倒是一点也不在乎我惊诧的目光,径自环视了一下我的办公室,慢悠悠地踱步,嘴角夸张而嘲弄地扯了扯,似乎想说点什么但又咽了回去,显然是觉得我的办公室够寒碜的。然后,他迈着小方步,径直走向窗台边的沙发边,一转身将身子沉重地扔到沙发上,那状态像是终于回到了自己家里一般。他显得疲劳而困顿。

我沏了杯茶给他递过去。看得出,他这是一路风尘地赶到我这里来的。

他接到茶杯就揭开茶盖,鼓着双腮吹着茶杯口的热气,呼呼地一边吹一边喝,也不怕烫着,像是早就渴极了。"这茶不错,是碧螺春吧。"他嘴唇上沾着茶叶说。我注意到他那只捏着茶杯盖的左手跷着讲究的兰花指。

阳光透过窗口,斜斜地照在胡子半张阴沉的脸上,我看见,那脸颊粗糙的皮肤上已经干裂得起卷儿了,胡子也像密集的钢针似的支棱着,其间有许多还是金黄色的胡须呢。深灰色的夹克上衣,灰迹和油渍斑斑点点,衣袖皱得像松弛的弹簧耷拉着,脚上一双布满泥迹的皮鞋像两只快要张口的鳄鱼头。我看着他,忽然感觉他是不是在深山老林里生活了一段,是不是在搞什么"地下工作",或是越狱逃窜……

喝了一通茶,他掏出口袋里皱巴巴的香烟来,捋直了,点着,猛吸一口,把打火机和烟盒扔在茶几上,这才将整个肥胖的上半身靠上了沙发,舒服地,也是极其放松地吐出一口浓重的烟雾来。那层烟雾在阳光柔和的光线里,变幻着各种飞舞升腾的奇幻姿态。他把两条又粗又短的腿抻直了,那双皮鞋也翘直起来,鞋尖还真是绽开了口的。

胡子一连打了两个大大的哈欠,眼泪都溢出了眼眶,看样子好像几天几夜没睡了,仿佛他终日在流窜着。

"老子要发财了——是发大财呢,阿贵!"

他开口便是这么突兀的一句,那个"大"字声调很特别,倒是又吓了我一下,不过也只是一下而已——我对胡子惯用的一惊一乍,早已习以为常。至于什么大财,不用问,他自己马上就会主动"显摆"出来的。

果然不等我问,胡子便竹筒倒豆子似的如数道来。他刚刚从闽西连夜赶回来。为什么是连夜赶的?因为他购买了一万吨金矿石,整整一百多节车皮的货正向内地运输过来。他昨晚在龙岩一个小站上亲自点货装车,直到列车驶离站台后,他才在当地租了一辆出租车连夜赶回来。这一百多节车皮的金矿石是什么概念?五千万元啊!而本钱只花了一千万元,就是说,一倒手就是净利润四千万!

胡子眉飞色舞地说着,唾沫星儿都飞溅出来了。

我听着,想笑,又忍住了,总觉得这家伙好像是在替自己编故事。

我当时想,胡子在此刻自身形象如此不堪的境况下,是不是怕丢面子而故意张扬他很快将一鸣惊人?他什么时候又做起金矿石买卖了?

在胡子絮絮叨叨的过程中,我的脑子里竟奇怪地想起了当年胡子跟我们比赛撒尿。班上男孩子们到了野外一块儿撒尿,他提出谁射出的尿线最远就是冠军——他会赌上一本书、一块糖,或者一次可以发号施令的特权。比赛开始了，大家都掏出自己的那个东西，站成一排，面前一米五左右远的地上已经画出了"冲刺线"，于是，"一二三"，胡子号令一发出，每个人就开始射尿，有的收腹闭眼，有的咬牙切齿，有的甚至把丹田之气都用上了（我就是那样），但睁眼一看就会发现，射出的尿线距离都会落后于胡子的那条几乎是高射炮般射出的尿液痕迹——成绩明摆在那干燥的地上，一条湿乎乎的还散发着腥臊气息的痕迹上。没说的，胡子赢了。胡子那个得意啊，说："知道谁是爷们了吧！"

我问他："这金矿石也属于你们公司的贸易？"

胡子大手一挥，一副厌烦的样子："老子去年底就不跟他们干了，那都是些不会做大生意的家伙，老子已经跟他们散伙了。"

我又是一惊："为什么？"

他一脸不屑："他们都是些鼠目寸光的家伙，永远也做不了大买卖！我是自己撤回股本走人的。"

其实，胡子当时没有对我说实话，他是把自己分管的销售公司经营得亏空了，才被合伙人强行辞退出局的。当然，这些都是后来我才了解到的。

阳光在胡子的身后渐渐隐去，我抬腕看表，快到午饭时间了。我请胡子吃饭，他直言不讳地说："赶到你这里就是冲这顿饭来的。昨夜里我还是在江西瑞金那里吃的饭呢。"我提议一并请上陶冶、江燕燕和三柱，毕竟都有段时间没在一起聚了，如果中饭他们赶不上，那就晚上继续。胡子赶忙摆手制止:"除了你,我谁也不想见!也根本不需要晚饭,下午我还得追着金矿去呢。"出了我的办公室,他又压低声音说:"你不说我其实也知道,我现在这副样子,跟乞丐或盲流没什么两样儿!"出了报社大门,他说话的语气又有些发飙了,只是已经没有当初那种别扭的港台腔了。"不过,自古财富险中求,不入虎穴,焉得虎子?那些一夜暴富的土豪,可能都经历过我这样的阶段吧。"

在从街上往酒店去的路上,他跟我嘀咕着:"陶冶如今是国家级开发区的一把手主任,局级官员了,当了大官的陶冶跟咱们在一起早就不同调儿了,说白了,就是没有'共同语言'了。"

胡子说这话,我心里明白,他其实是埋怨陶冶一向不看好他。据说,胡子曾经找陶冶帮忙搞些钢材水泥批文和指标什么的,陶冶一次也没有答应过他,甚至直接就拒绝了他。

我对胡子说,眼下陶冶也不容易,我把去年开发区群体上访事件将陶冶弄得焦头烂额的情况跟他简单说了一下。胡子耷拉着脸,撇着嘴角说:"他当那么大的官,他不受那份罪谁受?咱们兄弟想受还受不了呢!我告诉你,阿贵,陶冶其实能耐大得很,这家伙的仕途还长着呢,不信,咱们走着瞧!"

我又问到为何也不想见三柱了,胡子这回倒是坦率承认,是因为欠着三柱的十万块钱至今未还而不好意思见到他——他曾信誓旦旦地对三柱保证过不出半年就还钱的。我不知道他是否还记得他第一次把女学生肚子搞大时跑到珠海找我借过的五千块钱,看样子他早就忘得一干二净了。至于江燕燕,他干脆说"还是不见的好"——因为上次江燕燕在酒宴上的那个态度就是从骨子里看不起他。"我到现在才看出来,江燕燕内心是很鄙视我的。"胡子有些伤感地说,但很快就换了一种语气,"不过这也没什么,大路朝天,各走一边嘛。"末了,他竟又莫名其妙地补充了一句:"关于她的秘密,我只是不想说而已。"

到了酒店包厢,点了酒菜,我俩就吃喝起来。他胃口很好,酒量也大,不等我举杯,他就径自喝了,而且吃相难看,好像很长时间都没有这么尽情随性地吃喝过了。直到他那张微微浮肿、皮肤干燥而松弛的脸上泛起红润,支棱着的胡须也闪着光,额头上沁出一层晶亮的汗粒时,他才停下筷子,用纸巾揩了一把油光光的嘴唇,又从容悠闲地点着一支烟吸起来,就好像到了这会儿他整个人才恢复了生气活力。

"眼下什么最赚钱?不是股票,不是期货,也不是房地产,当然,也不能扯上毒品或做皮肉生意,我是说,最赚钱的就是贩卖矿产资源;凡铜矿、金矿、铁矿、铅锌矿,反正只要是可以拿到手的矿产资源。那就是财富,就是金钱。"

胡子滔滔不绝地讲述起他眼下追逐财富的故事,我听来也觉得多少有些惊心动魄。

"湖北的磷矿,安徽的铜矿、金矿,福建的金矿,江西的铜矿,这些就是资源分布。一个20世纪80年代十几万吨铜储量的小矿山,如今一评估,转手就是几个亿,甚至数十亿。如果是金矿储量,那就是鸡毛飞上了天!我告诉你,哪怕是一个不学无术的二流子,只要拿下一座储量几十万吨的金属矿山,就会立马摇身一变,到哪儿都是大爷——就这世道,你说疯癫不疯癫啊!"

胡子发出感叹,不住地摇晃着脑袋,好像被一缕香烟熏着了眼睛,他眨巴着眼,又用手揉,显出痛苦而焦虑的样子。他最后说起了这次去福建验货和发货的经历,听起来惊险而传奇。

据胡子说,这笔"横财"买卖最初是在一次生意场上和几个兄弟喝酒聊天时听说的。说者无意,听者有心,酒宴后胡子就主动跟那个生意场上的"兄弟"接触上了,于是通过这个"兄弟"又结识了需要货源的上家——一家民营铜金属加工企业供应部门的负责人,接着又经过几番酒桌上的推杯换盏,终于谈好了矿源品质和含量价格后,就等着胡子去找下家组织货源了。为了找到这批货源,胡子可是把能够利用上的人脉资源都用上了,最后总算在福建跟供货人联系上了,同样也是经过几番从宾馆到酒宴上的交锋谈判,最终敲定了货源品质及价格。胡子说,把这供需双方上下两家搞定,就花去了十多万元打点费。当然,这都是单线联系,也就是上家不知道真正的下家是谁,供和需的中间环节全由胡子一人掌控。按照约定,五百万元现金打到供货人账户后,下家就开始着手准备金矿石货源。在这之前,为了慎重起见,胡子又跑到省城高校临时高薪聘用了一位大学选矿专业的教授充当顾问,一同前往货源所在地,亲自取样化验,直到金矿石品质含量完全达标后,才决定将五百万元预付金汇出。

"偌大的广场上堆积着万吨金属矿石,数十盏探照灯交叉照射着,铲运车轰鸣着,一辆辆十轮大卡车排着队装运发货,到处尘土飞扬,那场面可真是壮观啊!"胡子说他租了个车从货场到车站装车现场来回巡视检查,直到一百多节车皮全部装满,几乎一天半的时间没有合眼,神经一直处于高度紧张中。

他那双呈现出红血丝的眼睛看着我,显得专注而神秘。"知道为什么这批货要始终处于我的眼皮底下吗?我就是担心别人跟我玩'调包计'、玩串货!这套把戏早就有人玩过了。"胡子似乎早已把一切都掌控得严丝合缝,"在别人眼里,那可能就是成堆的丑陋的石头,可是在我的眼里,那就是成堆的钞票啊!在别人眼里,我是在看守着成堆的石头,其实我是在看守着一堆堆金条啊!"

他哈哈大笑起来,他的得意兴奋再一次显得不可抑制,浮肿的脸膛绽开花朵般的笑颜,眼睛几乎成了一条缝儿,夹着香烟的右手神经质地抖动着,左手按在桌沿上弹琴似的跳动着——他是不是已经在幻觉中享受着那些成堆的金钱了?

"这回发了大财,下一步准备干什么啊?"我问,语气很淡。

不知为什么,胡子的财富故事总是有点让我觉得哪儿不对劲,虚虚实实,半真半假,说到底就是有点不靠谱,我甚至一直怀疑胡子这些年里总是处在一种危险的不确定的旋涡中,而他似乎生来就乐于沉浸在这种急流旋涡里,或者干脆说,他生来就是属于这种急流旋涡。

"什么大财不大财的,"胡子轻慢地摆摆手,一脸的伪谦虚,好像那些财富已经装进了他的口袋里,"这年头啊,说来说去,还是要做个有钱人!"他微微扬了一下头,声调高亢起来,"有钱了,大买卖还是要做的。当然,我要开个矿产品的贸易公司,我自己来当董事长。再买个别墅,到三亚的海边去买。最近,那边的房地产有点火起来了。这笔买卖做完了,我还要到欧洲去游行一趟,享受享受,也算是休息休息吧,如果机缘巧合的话,再找个洋妞——我看,不过如此吧。"

他说"找个洋妞"倒使我想起了前年见过的那个性感丰腴的黄小姐,便问他黄小姐近况。他先是愣了一下,接着哦哦了两声,像是终于想起来了。"不联系了,早就不联系了!"他一迭声说,手掌摆动着,像是在扔掉什么东西似的,"她本来就不是我的女朋友——哦,亏你还记得她!"他白了我一眼,好像我的品位也不咋的似的。

酒桌上的盘盘碟碟差不多都空了。最后我把自己的半杯啤酒举到他的面前,很正式地对他说:"提前预祝胡董事长,财源广进,大展宏图!"

胡子的眼睛又眯成一条缝儿,我的话他很受用,他举起酒杯跟我愉快地碰了下。

我这时问胡子先前说到的关于江燕燕的"秘密"是怎么回事。胡子脸色白了一下,警觉地看着我,问我他说了这话吗,我肯定地点头。他的脸色又恢复红色了,不像是那种酒精造成的红,而是心理反应导致的红。他吧嗒着嘴,真的把他内心埋藏了多年的秘密几乎一股脑地透露给了我,我至今也不知道那是出于信任我,还是因为酒精的作用。

他如实告诉我,他这些年里一直爱恋着江燕燕,而且欲罢不能。

当然他也知道,因为这中间横亘着不可逾越的李二,他觉得那个希望现在看来几乎就叫绝望吧。也就是说,想抱得江燕燕这个美人归,或许只能指望下辈子了。说这话时,他满脸伤痛的表情,显得委屈而愤愤的样子。后来,他又咧嘴笑了,笑得怪异而得意,然后他眼神诡秘地看着我,说了一句令我目瞪口呆的话:"你知道吗?我可是很早就欣赏过江燕燕的美丽胴体的……"

我惊愕过后,以为这家伙要么是嫉妒李二,要么是酸葡萄心理,要么真是酒喝多了,大脑出现幻觉了,否则,这怎么可能的呢?或者说,他是如何做到的?

然而接下来,胡子还真的把事情的来龙去脉说了个清清楚楚。

江燕燕与胡子家是邻居,两家厨房也是一墙相隔。吃完晚饭收拾好后,他们就会在厨房放上澡盆,关闭窗户,拉严帘子,把烧好的热水倒进盆里洗澡。一般都是孩子们先洗,然后是大人们洗。而江燕燕家正相反,是大人们先洗,然后轮到江燕燕洗。胡子一点也不害臊地回忆起他当年干的秘密勾当:他在那道墙壁上用一根他妈打毛衣用的钢针,硬是花了铁杵磨成针的功夫穿出一个微小的洞眼,这个洞眼的位置正好对准隔壁那只澡盆摆放的地方。轮到他洗澡的时候,隔壁往往恰好就是江燕燕在洗澡。据他吹嘘,他是唯一完整地亲眼观察过江燕燕的身子从还没有性别特征到发育至丰满美妙,洁白无瑕的人。每次欣赏完后,他都会小心翼翼地将那个神秘的洞眼用跟墙体一样的白色纸张填塞起来。这个秘密一直都没有被人发现。

"直到今天我都还记得,江燕燕右边乳房下有一颗黑痣,臀部左边有一块月牙形的粉红胎记……"胡子微眯着眼睛说,似乎沉浸在回忆中。

我窘迫地笑了,其实是干笑,心里有一种说不出来的感觉。好像这种事是不应该出现的,至少不应该出现在我们这帮发小圈子里,或者退一步说,就是出现了,也是不应该被公开的,应该永远地封存在当事人的记忆里,直到带进坟墓里去。

胡子这时看着我,眼神有点迷茫,似乎等待我对此做出评判。于是,我忍不住说:"胡子,我还真是想不到啊,你那么小就这么下流了,你也真够无耻的!"

胡子竟然哈哈大笑起来,脸色赤红一片,笑得放肆而舒畅,眼泪都流了下来。

"什么下流?什么无耻?"他说,嗤之以鼻的样子,"那种生命的美妙,青春的美好,一去不复返了,那种美妙得动人心魄的时刻再也不能重现了,那个美若天仙的江燕燕的身子也不可再现了!"他仍那么直直地望着我,脑袋微微晃动着,"你是无法想象的,少女沐浴时的那种美,是无法描绘的!我后来收集了许多古希腊和古罗马拜占庭时期的绘画,就觉得那些女神、天使也并不比我看到的那个少女的沐浴更美——当然了,江燕燕现在的身材,早就不能跟那个时候比了!她当年那样的身子,我是永远也看不够的!那叫下流吗?那叫无耻吗?那叫欣赏美!就别跟我说教了,你,还有李二,你们那套酸溜溜的东西,根本就拿不到阳光底下来晒一晒！你信不信,如果能回到从前,只要还能通过我家厨房墙壁上的那个秘密洞眼,欣赏到那个时候的自然美妙的江燕燕洗澡,我真巴不得自己永远也不长大呢!"

我后来几乎就没有说话了。胡子竟然把自己那么无耻的偷窥,说得那么天花乱坠且冠冕堂皇,真是让我匪夷所思了。

胡子当天下午就匆匆走了,他说他要赶在货运列车到达中转站之前去那里接货。从他的语气、神色和举动看,这批货对他来说意义重大,甚至攸关性命,他不敢有丝毫怠慢,或者说,这批货承载着他的财富梦,是他人生真正意义上的第一桶金。

分手时,胡子再次要求我不要把今天的见面和他说到的情况转告江燕燕、三柱、陶冶,还有李二。他还暗示,他在不久的将来就要荣归故里,衣锦还乡。

第二十三章

在我的记忆里,好像三十岁一过,时光就进入了快车道,用飞速来形容也不为过。日子唰唰地就没了,一年一年像走马灯似的,只知道要过年了,却不知道过的是啥年,好像年年都一样,又似乎不一样,而究竟哪些地方不一样了,却又很难道出个所以然来。在这相对稳定、周而复始的庸常而世俗的时光里,所有的日子看上去就像一条没有潮汐的河流,永远川流不息,水位似乎也变化不大,然而却没有人注意过在这河流下面,在河床上究竟发生了什么。

对我来说,那个时候三十岁一过,似乎人生最大的问题就是成家了,用如今的话说,只要你还是个"单身狗",在世俗的眼光里,你几乎就无处逃生。是啊,一个三十多岁的男人,身体和心理上也没有什么毛病,且还受过高等教育,却始终这样形单影只,也就怪不得周围怪异的目光和众多私下的议论了。那个时候,来自爸妈的压力随着我年龄增长而有增无减(我爸妈可是中年得子啊,还有祖宗的香火要延续啊)——爸妈终于坐不住了,他们动员了所有的人脉关系,包括七姑八姨、亲朋好友,甚至街坊邻居都来为我张罗未来婚姻事宜,我妈甚至私自跑到过我的单位,了解未婚男女的比例,佯装着顺路来探望儿子,其实是侦察是否有做她儿媳的合适人选……种种迹象表明,我的婚姻那道人生大坎儿不越过去终究是不行的。

在那些枯燥乏味而又令人焦虑的日子里,在日常的"两点一线"作息的过程中,甚至在临睡前的遐想里,或者在夜晚的梦境里,我把自己曾经熟悉过、爱恋过的姑娘们一一忆起,有的还很清晰,有的已经完全模糊了,有的甚至根本忆不起是啥模样了,只记得好像有过那么一个干巴巴的名字而已——就像老电影那样,胶片早已斑驳,那些倩影的形容也模糊不堪了。那一切,既是我的朦胧青春,也是我的糊涂爱情吗?我时常觉得自己心里有些悲凉,因为我清楚地意识到,错过的已经永远错过了，我早就无力去抓住什么，哪怕是自己青春的影子。我承认，中学时代曾一度暗恋过江燕燕，但到终于发现李二与江燕燕之间的爱情后，我便及时抽身而出，装作什么也没有发生过的样子，并且在内心将那个暗自燃烧着的火焰（应该叫火苗吧）彻底熄灭了。我绝对干不出夺朋友兄弟之爱的事。到了大学后，我根本就没有意识到我的脆弱情感是受过创伤的，我像梦游般地穿行在校园里，对身边的女生们熟视无睹，直到她们视我如怪物后，我才发现在我隐蔽的内心深处，其实是江燕燕成了一个盘踞不散的情感障碍，她的音容笑貌、举止气质，成为我心动指数的一种标准范式，而我周围几乎没有可以比拟和参考这种范式的姑娘。到了大四时，谁都明白这相当于到了"最后的晚餐"的时候，终于出现了一个女生，她是美术专业的，一头披肩长发，大眼睛，小短衫，牛仔裤，轻盈飘逸得像个美神。一天早晨，我在宿舍的窗台上瞧见她挎着沉甸甸的布包，正从前面树冠浓密的甬道走过去，一时间我惊若天人，我的心随之就狂跳起来。我立即回屋简单收拾了一下自己，然后跑出了宿舍，寻芳而去。一连几天，我都有些魂不守舍，最后总算查实了她的芳名叫叶婧，还有她所在的宿舍区、楼层、房间号，还有她的班级，甚至包括主课老师。后来，我去图书馆借了些美术专业的书走马观花地读了一下（这是谈资的基本功课嘛），后来也像煞有介事地去旁听了美术理论讲座。我们终于混熟了（当然是我主动跟她打招呼的），我请她去校园外的一家小饭店里吃了顿饭。叶婧是个心性爽朗的姑娘，她开诚布公地告诉我，她有男朋友，相爱三年了,也就是说,她一进校门,他们就好上了。她一边说着,一边大大咧咧地喝着吃着,似乎向自己的爱慕者公开自己的男朋友一点也不影响她的胃口,相反,她显得很愉悦,甚至有些兴奋。那一刻我突然变得有些麻木不仁了,感觉好像这个叫叶婧的是在故意跟我捉迷藏,是逗我玩呢——她似乎早就了解到那幢男生宿舍里有一个中文系的傻瓜蛋,整天在为理想中的恋人而愁苦,于是她就有意在那天早晨在这个家伙面前惊鸿一现(她后来告诉我,她那天之所以经过我们那幢男生宿舍,完全是心血来潮,是绕道过来看看有没有"养眼的帅哥"的),以使那个傻瓜蛋从此神魂颠倒。我看着她那么迷人地冲我微笑,甚至不时还给我一个媚眼,我当时想,她是不是经常这么干——知道自己有多美,有大批追逐者想方设法地去接近她,与她熟悉后就恭维她,还请她吃呀喝呀,她早就习惯了,而且乐于做这样的享受者?从小饭店里出来,往校园走去时,她居然主动挽着我的手臂,甚至还把脑袋轻轻靠在我的肩头,这个举动同样令我惊异,甚至有些不安。她跟我说了一些不同美术流派的美学风格,并且说了这些流派在当代的几个代表性人物,包括他们的作品。从她的状态和谈话的方式看,我似乎早就是她的好朋友了,她没有给人那种生涩或矜持之感。我那时想,这可能就是"最后的晚餐"了,尽管才是我们见面的第一顿饭。然而,谁也不会想到,我们的关系竟然保持了一整个学期,也就一直保持到了大学毕业。我后来又请她吃过几次饭,而且是不同的地方,她也请我吃过好几次饭,几乎成对等,而且她还带了她那个当了老师的男朋友。直到毕业离开校园后,我们彼此才终于没有了音讯。我记得,我们之间也只有几次漫步过程中她挽过我的手臂、把脑袋轻轻靠在我的肩头,而我们从没有过手拉手,或其他方面的身体接触。毕业前夕,那次我请她吃饭,她告诉我,她将留校,可能很快就要结婚了。返校途中,我们走在林荫道上,月色溶溶,路灯透过树冠的枝叶投下斑驳的光影,一路上,我说着我即将奔赴海南开发区,说到我有个发小兄弟已经在那里等着我了,仿佛我们即将展开一场轰轰烈烈的大事业。她突然把我拽到了树荫下,几乎是推着我靠上粗大的树干上,她的眼睛变得亮晶晶,散发出一种狂野难抑的光芒。她说:"你需要吗?告诉我!你要是需要,我会成全你的——就算是我们的告别吧!"我浑身哆嗦了,说不出话来。她的目光依然直视着我,甚至已经带着火焰了。我最后摇头,尽管摇得并不是十分坚决;我好像吓坏了似的,到那个时候仍然说不出话来。她后来生气地松开了我,甚至是狠狠地揉了我一把,嘴里嘀咕了一句什么,我猜想她一定是骂了一句脏话。她扭头就走了,走到林荫道上,又突然回过头来,大声说:"你想好了,还可以联系我。"我后来再也没有联系她了。她并不是我的人,我为什么要那么做呢?——这就是我那个时候的想法。

　　后来经历的,不,应该叫作后来熟悉的几个姑娘,几乎都是同事,谈不上会发生感情上的纠葛,因为我再也没有产生像当初对叶婧那样的感觉了。唯一的例外,可能就是珠海那个小青姑娘吧,尽管那也是无果而终。

最后经父亲的一位老友介绍,一个跟我年龄相仿的大龄姑娘张小红嫁给了我,我们几乎没有什么浪漫的恋爱过程,彼此都是冲着婚姻家庭去的,两个月交往下来就基本搞定,既功利又务实。一年后,我们就有了一个可爱女儿,像所有平常的夫妻一样生活,既锅碗瓢盆、油盐柴米,也家长里短,有时也鸡毛蒜皮……人生到了这个阶段,好像才终于完成了某种注定的宿命回归,这回归的轨迹看似漫长,其实也很短暂,就像钟摆一样回到了一个重新站位的零点,开始了另一种生命状态的循环往复。

记得结婚前夕,关于是否举行婚礼仪式这件事,我是持反对态度的。这里面有经济上的考虑,更麻烦的是,这种仪式会出现主婚人、证婚人,会不厌其烦地介绍彼此出身与学历、工作简历、相识相知、恋爱经历什么的,从而就有可能把彼此不堪的恋爱往事都牵扯出来——其实,我们彼此在一起从认识到决定结婚才两个月,根本就没有任何值得公开的浪漫故事,那样的介绍和场面岂不是出洋相或自找尴尬吗?我的想法很简单,就是昔日发小兄弟、好朋友聚在一起吃顿饭,大家见个面,意思到了就完事了。

然而,我的爸妈坚决不同意,认为这是我的人生大事,绝对敷衍马虎不得,否则在外人看来,好像他们的儿子做了什么缺德亏心事,甚至是偷偷摸摸地娶了不正经的姑娘似的。更重要的是,如果不举行仪式,他们作为长辈,今后如何面对亲眷们的责问?还怎么在邻居街坊们面前挺直腰板来?一句话,就是做人的面子还要不要了?

云云。显然，这些都是一点也不能怠慢和随随便便的大问题。

我必须做出妥协。那个时候我感到自己精疲力竭。我躺在床上想，这场婚礼其实是为了爸妈办的，为了补偿他们养育儿子这么多年的艰辛付出而办的，是为了他们因为儿子的终身大事而必须要有的面子和荣光而办的，说白了，就是他们活在世上时必须要办的大事情。于是，我们向所有的亲戚朋友，当然也包括我的那些发小兄弟好友都发出了正式的喜宴请柬，长辈们的请柬还必须亲手送到，同时预订好了小城里最大的酒店大厅，酒宴共计安排了三十多桌。那阵子，我忙得身不由己，又恍恍惚惚，仿佛要结婚的并不是我自己，而是另一个我必须帮助的人。一想到婚礼那天我要被推到众人瞩目的台面上，像个怪物一样任人观赏评说，把自己那些不堪的往事一件件曝晒出来，我就浑身战栗，夜不能寐。想来想去，只有去找陶冶帮忙了——他不仅面子大、身份高，而且经验丰富，完全镇得住场面。

后来想想，真是幸亏那天的证婚人是陶冶——他是欣喜地一口就答应担任这个角色的——他非常老到地化解了我之前的种种顾虑，避重就轻，击鼓传花，用诙谐幽默的语调介绍了我和我的未婚妻之所以大龄未婚，是因为一直忙于各自的事业（那一刻我的脸因惭愧而发热），更主要的是彼此都在等待相识结缘的那一天（这时全场响起了掌声），因此这份姻缘相守才迎来了这场迟到的精彩的婚礼（全场响起更加热烈的掌声）……最后，他的连珠妙语化解了我心中抑郁的块垒，也赢得了满堂彩。我跟张小红毕恭毕敬地站在台上，我看到年迈的白发苍苍的爸妈坐在长辈们的主宾席上早已热泪盈眶——我爸身板挺直地坐在那，好像还在坚挺着控制情绪，装出拘于言笑的样子，但他那双深陷的眼眶里亮晶晶的，潮湿一片，下颏那缕苍白的山羊胡须微微抖动着；我妈在第一次掌声响起时就埋下斑白的头，掏出手绢来不住地擦拭双眼……

李二没有回来，他委托江燕燕在花店里定制了一个特大的缀满鲜花的花篮，由两个漂亮的伴娘抬着搬上了婚礼大厅的主台上。那一丛鲜艳花朵，姹紫嫣红，芬芳扑鼻，顿时为那场喜宴增添了一种浪漫而奢华的情调。三柱的作为更是令我惊诧不已，这家伙居然悄悄买下了报纸整个版面，在我婚礼那天做了一整版隆重而招摇的婚姻广告，版面标题就是《在天愿作比翼鸟，在地愿为连理枝》，搞得小城上下一时议论纷纷，不知我和张小红是何方神仙、何等人物呢。

那场婚礼唯一的缺憾是胡子没来，我事前已经给他在省城的住址发去了请柬，但没有回音，婚礼那天我忍不住又给他打了电话，但也始终处于关机状态。难道胡子真的是发达了，去了欧洲游历，甚至有可能跟某个洋妞泡在海滨的别墅里？……

其实从那个时刻起，我对胡子就有种不祥之感。我很难想象，在碧海蓝天的一幢豪华别墅里，在硕大的带游泳池的露台上，在绿棚的遮阳伞下一张张并列的软椅上，在美酒美人缠绵的奢靡与性感中，那个身影会是胡子，尽管那样的境界一直为胡子所向往……

事实上，那个时候的胡子已经被那股危险的急流旋涡带进了深渊之中。

那笔倒卖金矿的一千万元资金，是胡子借的高利贷。那批所谓的高品质含量的金矿石，全是做了假的低品位铜矿石。那些供货的矿贩子，在胡子带着他高薪聘用的选矿专家顾问来到货场验货之前，就已经将买来的纯金条磨成粉末状的金粉巧妙地掺入了那些成堆的矿石里面，也就是混在了那些乱石泥土之间，做得隐秘而天衣无缝。因此等他们来到现场取样，经化验才会出现那样令他大喜过望的高品质含量的结果。当一百多节车皮载着那万吨金矿石，终于从龙岩那个小站运输到内地的中转站后，下家突然拒绝收货了，并将重新化验出的矿品质清单交给了供货人——胡子就是在那一刻才觉得五雷轰顶、天旋地转的。

胡子曾言之凿凿地对我说过这样的话："在别人眼里，那可能就是成堆的丑陋的石头，可是在我的眼里，那就是成堆的钞票啊！"然而，它们真的就是丑陋的石头！

胡子买了一把大砍刀藏在旅行包里，当晚就赶往福建。然而，那些人其实在列车发运那批货的当晚就人间蒸发了，随后所有的联系全部中断，就像是人间从来没有发生过那些事和出现过那些人。胡子后来又回到中转站的那个货场，一连几个夜晚就睡在那一大片成堆成堆的石头上，他蓬头垢面，衣衫褴褛，浑身酒气熏天，货场上的人谁也不敢靠近他——他挥舞着一只又一只空酒瓶砸向他看到的每一个人,并抽出大砍刀来扬言要杀死任何敢来接近他的人。

最后公安和武警联合行动,当场将他擒拿,接着就押离现场了。

第二十四章

初夏的一天,江燕燕突然打电话给我,说陶冶住院了。这真是太意外了。江燕燕通知我们一同去医院看望他,约好在医院大门口见面。我到的时候,就看到江燕燕和三柱捧着鲜花、拎着水果篮等在那里了。我问江燕燕通知胡子没有,江燕燕阴着脸说:"手机永远处于关机状态,这家伙可能跑到国外去了吧。"我说:"还真有可能,甚至还可能跟某个洋妞泡在一块儿呢。"江燕燕白了我一眼,以为我这是在瞎编派。三柱说:"他会不会是把业务做到海外去了?"我笑笑,很显然对于胡子倒卖金矿的事和他即将发大财的消息,江燕燕和三柱一点也不知道情况。既然答应替胡子保密,我也就不便说出实情了。

病房里摆着一束束鲜花和花篮、水果,连床头柜上也是。陶冶看到我们进来,就从病床上直起身子,坐在床前床后来探望他的那些人随即站起身,跟陶冶握了手,便纷纷离去。看得出,虽说是住院,这里也门庭若市。这是一间套房,里面有空调、电视、沙发、微波炉,一应俱全,隔壁有卫生间,还有陪护人员的卧室。

江燕燕当场就感叹:"厅局级的病房就是不一样啊!"

陶冶冲那个站在过道上的年轻的陪护员挥了一下手,他掩上门就出去了。陶冶穿着蓝条纹的病号服,脸色黄中泛黑,面容憔悴,看来病得不轻。特别让我吃惊的是,他过去乌黑油亮的头发不仅稀疏枯黄,而且几乎斑白了。

陶冶说:"我住院的消息是保密的,怎么会惊动了你们?"

江燕燕说出了实情。年初市委宣传部就有领导招呼电视台,要抽调台里的精兵强将,用专题片形式全面报道开发区的发展成就,特别是陶冶主任的功绩,但陶冶一向低调,不太愿意接受采访(我知道,对于我们报纸宣传,陶冶也是这个态度),但这回还是那个宣传部的领导对江燕燕说的,陶冶主任都住进医院了。

陶冶笑道:"拉倒吧,我这个样子还做什么节目啊,出洋相吧!"他目光扫了我们一遍,"不瞒你们说,我到这个病床上来,就是没完没了的酒宴闹的,'感情深一口闷'闷出来的!一场又一场,这才弄出了胃出血、肝硬化。这回知道了吧,开发区的项目怎么搞上去的?酒桌上喝上去的!"

江燕燕抢白一句:"开发区的 GDP 也是喝出来的吧!"

开始陶冶可能只想幽默一下,但江燕燕这么一句,倒使他耷拉下脸来。"那样说,就不全面了。工作还是要靠实干的,领导干部不带头抓,不亲自抓,想要出成绩,那几乎是不可能的。喝酒是一方面,但扑下身子抓落实才是更重要的一方面。唉,这些都怎么说呢?"他神情灰暗,语气透着疲倦,好像觉得这么说又有点像在做报告,摆了摆手,挺为难的样子,似乎有许多话不是一两句说得清楚的,"都是发小兄弟、姐们(他看了江燕燕一眼,嘴角苦笑了一下),这些年里,实不相瞒,我的工作压力可是一天比一天大,虽说不至于提心吊胆,可也真是够辛苦的!阿贵应该还记得吧(他把目光投向了我),开发区的上访和拆迁事件闹得我就差点儿住进了医院……"他摇晃着无力的脑袋,百感交集地叹息一声,"唉,官场上,要想出成绩,那就没退路。可是成绩不是靠吹出来的,是干出来的。当然了,就是干出来的成绩,也还是要低调,再低调……"

陶冶这话倒使我想起了去年秋末对他的那次采访。那是开发区成立五周年业绩展,我被指定专访开发区主任陶冶。这活儿是市委宣传部和报社领导安排的,加上是采访我的老友,我当然不会推辞。

一个多小时指定的采访时间,在开发区那间宽大而现代化的会议室里,陶冶对答如流,滔滔不绝——都是事先沟通好的题目,陶冶显然做足了功课。关于采访内容,陶冶坚决不允许提及前年有关征用土地和房屋拆迁的问题。因为我毕竟也参与了,而且认为可以把陶冶写出彩来(前年他就没有同意我写出来)。

采访结束后,陶冶边提着茶杯往门前走,边对我说:"去接待室坐坐吧。"

接待室就在隔壁,我在沙发上坐定,秘书就送进来两杯冲好的散发着浓香的咖啡。那香气一闻,就知道品质不俗。不多时,陶冶走进来,脱了那套深色西装,穿上了平日的工装,一坐下就问我今天采访的效果如何。我实话实说:"没问题,是预期的效果。"陶冶淡淡一笑。"都是导演好的嘛,何况你还有一支生花妙笔!"他用揶揄口吻说。

我反唇相讥道:"你陶大主任怎么说也是小城官场上的风云人物啊!"

陶冶端起茶几上的咖啡呷了一口,反问我:"你以为官场上好混吗?你要是那么以为,那就大错特错了!"他放下咖啡杯,用一种怨怼的眼神看着我,似乎对我刚才那句话仍觉不满,"我告诉你,阿贵!别以为有点能力,有点学识,就能混个一官半职,不是那么回事!做官要做得好,要有人脉,还要有情商,当然,还要有机遇——就说这开发区的位置,不是前任搞不下去了,轮得上我吗?而轮上了我,我同样干不好,干不出成绩来,行吗?就是干出了成绩来,还要让上面的和下面的都看得见、摸得着,要让成绩是实实在在的,不是弄虚作假的,是经得起检验和查证的。当然,还有更重要的方面,这也是为官者的命门——还要保证自己不出事,我说的不出事你懂得的,就是别上错了床(女人),别装错了口袋(受贿),别走错了方向(政治觉悟)。就是有了成绩,也必须清醒地明白,这些政绩是上面的正确领导和下面同志们的共同努力——记住了,这不叫谦虚,这是低调,也是实情,没有什么可骄傲的,因为总是还有更重要的工作要做,更棘手的问题要解决,更重大的事项要处理!"他说得有点激动,欠起身,从茶几上摆放的中华香烟里抽出一支来衔到嘴上,又抓起打火机给自己点上火,吱的一声吸起来——他是从不吸烟的,原来吸起来居然也有模有样儿。他吐出烟雾,接着又说:"不瞒你老同学,你看我如今好像风光得很,其实战战兢兢着呢!我屁股底下的这个位置始终有人在关注着,明里暗里的动作和交锋多得很。你现在应该明白我当初为什么不让你来写有关我的报道,就是这次采访我也不同意你用那些溢美之词,更不要说是夸大其词了。坦率地说,我早就身心疲惫了,但是我又不能退缩,那不是我的性格和操守,我还必须坚守得住,而且要干得更好!你们不是经常说李二一直在追寻'诗和远方'吗?其实啊,我觉得自己也是走在一条漫漫不归路上呢!"

通过那次意外的谈心交流,我进一步发现了这个外表一向不动声色、稳健持重的陶冶,其内心那坚硬而执着的一面,坚持着不妥协,努力着不退缩,也使我猛然想起了那个一向说话不经意,仿佛不过脑子的胡子,居然也能从更深的层面上看到陶冶的"仕途还长着呢,不信,咱们走着瞧"。看来,他们都有过人之处啊!

陶冶靠在病床上,苍白而消瘦的脸颊泛起两朵红云,像是点缀上去的,它们伴着他随之展开了苦涩的微笑。"不是我唱高调,这个城市甚至这个地区,总是要有人去拼命工作的。说大了,是这个国家,总是要有人去拼命干的,我们这一代人,承上启下,可能也是历史的选择;

说小了,也是成就我们自己,我们这么渺小平凡的生命,如果没有这个时代背景的衬托,没有这样一个大舞台得以施展,那还会留下些什么呢?……"

这番话一下子弄得我跟江燕燕和三柱不禁面面相觑起来。江燕燕忍不住了,漂亮的脸蛋红了(我很少看到她脸皮上会出现那种羞赧的神情)。她用手轻轻捋了捋额前的秀发,望着陶冶,噘着嘴唇说道:"陶大主任,真是听君一席话,胜读十年书!你一下子就跟咱们拉开了差距,比出了境界啊!可是你想过没有,你的使命担当跟咱们是一回事吗?你说的那些背景呀、舞台呀、施展呀,咱们贴得上吗?说白了,你们带咱们玩吗?"

陶冶苍白的脸色被江燕燕这通话激得一片潮红,他赶紧摆起手,一迭声道:"言重了,言重了,著名主持人江燕燕女士!"他一边说一边又咳嗽起来,"我就是忘了说一句,大家都不容易,这是实情吧?其实也没有必要都站在我的角度来看问题,每个人做好自己的事,从某种意义上讲,不也就是自己的使命担当吗?"

江燕燕脸蛋上的那种红也尚未褪去,视线挑起,晃动在陶冶的脸上。我能感觉得到,如果今天不是在病房里,陶冶又是那么病恹恹的样子,那么她会就陶冶的那个所谓"使命担当"跟他辩解一番的。我猜想,她心里想说的话一定还是有关个人的、个性的和情感的。

我想缓解一下气氛,就说:"陶冶啊,你还是以养病为重吧。在我们这拨发小当中,你现在可是个旗帜式的人物啊,身体对你才是最重要的。"

陶冶又赶紧摆起手,红着脸说:"别瞎说,别瞎说了,越说越不靠谱了。"

坐在病床头的三柱这时挥了一下手,意思他有话要说了:"陶冶啊,我看等你这回出院了,就到我乡下庄园里住上一阵子吧。我现在建了几套民宿,至少是城里三星级宾馆的设施条件,那里空气好,水好,加上我的绿色食品养着你,保准你一定满意。"

陶冶摇头苦笑:"那就等我退休吧,退了休,我就直接搬进你的庄园去,给你打工。"

三柱急忙摆手:"那可使不得,你这么大的官到我那里打工,怕是去拆我的庙吧!"

……

从医院出来是中午了。三柱提议去附近饭店里随便吃点,就找到附近一家酒店,点了几道菜。本不打算喝酒的,可是自从走出医院就一直显得情绪抑郁而沉闷的江燕燕突然提议要喝,她对三柱说,口气就像命令似的:"去把你车上的好酒拿来吧。"三柱惊怔了:"你怎么知道我车上有好酒?"江燕燕不屑地一摆手:"少啰唆,快去拿吧!"三柱就往外去了。我问江燕燕:"是啊,你怎么知道三柱车上有好酒?"江燕燕诡秘地一笑:"你以为现在的三柱,还是以往那个三柱吗?我敢跟你打赌,他车上不仅有茅台、五粮液,还有 XO,甚至还有成沓的现金。"我有些目瞪口呆:"放现金干吗?"江燕燕阴沉沉的面容绽放出了笑容:

"亏你还是报社的大主任！你去问三柱是干吗用的吧。"正说话间，三柱拿着一瓶茅台进来，不想江燕燕却冲他直摆手，似乎是故意在为难他："三柱啊，本姐姐今天不想喝茅台，就想喝 XO，你不会不舍得吧？"我看到江燕燕逗趣地斜视着我。三柱迟疑了，胖乎乎的圆脸也红了，但还是转身往外走，一边走一边嘀咕："怎么会不舍得呢？"等三柱走出了酒店，江燕燕才冲我一撇嘴，笑得更欢了："怎么样，阿贵，三柱那里应有尽有，我没说错吧？"

一瓶 XO 几乎是我跟江燕燕两人喝光的，三柱只斟了一杯，但没有喝，他下午要开车回乡下处理事情。他埋单后，就提前走了。他临走前还问我和江燕燕，一瓶 XO 够不够，不够他这就去再拿一瓶来，另外，菜是不是还要添加些。江燕燕挥手冲他摆着，看都不看他，那意思就是让他走。江燕燕明显喝多了，是她自己主动要喝的，而且始终显得有些失落而伤感，好像她就是要把自己灌醉。我试着问她是不是最近心情不好，工作不顺，或是刚刚看到了陶冶的病情而情绪低落，江燕燕没有答话，她脸颊泛着酒红，但目光是冷色的，是那种坚定的冷色。她径自喝着，并不想跟人说话。三柱惊愕地看着她，然后又看看我，一派茫然不知所措的神情。

三柱走后，江燕燕把她冷色的目光投向窗外的街道。透过尘灰斑驳的玻璃，可以看到街面上熙攘嘈杂的人流，不时会有一张陌生的面孔印在那脏兮兮的玻璃上往里面探视着，转瞬间又变成了街道上的景象。她把脸和目光转了回来，从挎包里摸出了香烟和打火机，点着烟就吸起来。据说前段时间她戒了,后来又抽上了。

她吐出烟雾,看着桌面上的残菜剩汤,似笑非笑地眯着眼,仿佛自言自语:"现在有时候,真觉得没意思!你看看陶冶,官也做得可以了,可又怎么样?没日没夜地干,谨小慎微地活着,人都累成那样了,可是一点也不敢松懈!他这是献身官场,还是献身事业?他说的那个使命担当、那个境界,我可是修炼不到;他理解的生命精彩,我也高攀不上,不,是做不到!"

她把烟吐出来,烟雾散开,她的目光在直直地看着我:"不说他了,就说三柱吧。你看看现在的三柱,也算是个人物了吧,在他的一亩三分地上,他就是个土皇帝,滋润得很,也阔绰得很!可是,你让他一进城里来,一走进这个物质而功利的世界,他那个土财主就会立马现出原形……三柱还是老实,也真沉得住气,他从来也不对我们说什么埋怨或泄气的话,他要说的话,他一定会说。这社会上的条条蛇都是咬人的!在这个物质而功利的世界上,没有钢筋铁骨,你就活不出个人样儿来!"

她把桌前的酒杯猛地端起来又喝下一口,放下酒杯,我看到她眼眶一片湿润。"有时候,我真想堕落……可是,说出来你可能都不信,我至今都不知道怎么堕落,什么才叫堕落!真的,怎样才叫堕落啊?!"

她突然趴在桌沿上抽泣了。

在当时,我想象不出是什么情绪使江燕燕说出如此令我震惊莫名的话来,而且情绪如此激动。我只是知道,当时江燕燕的母亲危在旦夕,老人家癌症晚期,已经拖了几年,但迟迟咽不下最后一口气。江燕燕这些年为了治好母亲的病,东奔西走,早已憔悴不堪,身心疲惫。我想,她是不是对眼下的生活厌烦透了?她是不是对自己所走过的人生之途及其选择噬脐莫及了?她是不是悔恨至今为止她并没有担当起她应该担当的某种人生使命?她是不是觉得她为之付出的努力都太不值得了?

所有这些疑问,江燕燕都没有给予任何回答。

第二十五章

就在这年底,江燕燕的母亲病逝了,她立马就从电视台辞职走人,跳槽去了南方一家民营影视公司,做了独立制片人。显然她是做好了前期准备的,只是我们并不知道而已,至少她没有向我透露过任何信息。她也是悄无声息地就走了,走得义无反顾——据说,部里、台里的同事和领导都先后出面挽留她,做了一些妥协性的承诺,譬如提薪晋职,都无济于事。我知道,她母亲的离世,相当于把最后一根束缚她远走高飞的绳索给解脱掉了,她的情感世界可能再也没有那么沉重的牵挂了,而且我相信,她永远不会甘心于自己平庸一生从而浪费了年华时光,哪怕那是人生迟暮的时光。

也是在这年年底,陶冶又晋升了,调到西部一个省辖市担任市委副书记兼组织部部长。我想必须隆重地设宴饯行一下,有这种想法不仅是因为要感谢这些年里陶冶对我的帮助关照,更因为这一别,我们的相聚可能就会变得遥遥无期——那时候,我忽然伤感地意识到这份情谊经历了这么多年的风风雨雨而得以保存下来,持续至今,是多么难得和珍贵啊!

我马上开始张罗饯行的酒宴。胡子仍然联系不上,手机号已经成为空号了。我接着联系了三柱。一听陶冶高升,他显得大喜过望且兴高采烈,他要为陶冶办饯行酒宴的热情比我更高,他坚持要接陶冶去他的乡下庄园里,他一定要用最高规格的正宗绿色食品招待即将上任的市委副书记兼组织部部长。陶冶却一点不为所动,几乎用同样的回绝我的话婉转地回绝了三柱:"算了吧,什么饯行不饯行的,都是这么多年的发小老兄弟了!现在有手机、飞机、高速公路,方便极了,就是天南地北,要想吃顿饭,也大不了用个一天半天的工夫,我看还是留着等下次吧,等大家凑齐了再聚吧。"

其实我心里明白,那样的饯行,我们除了说些送别的恭维话、祝愿话,并无特别的意义。而陶冶除了必要的客套与应付,他又能跟我们说些什么呢?他早已不在我们这个层次看问题谈想法了,就是说,彼此其实并没有多少共同的话题。他的仕途未来,远不在我们的视野和情调之中,那种距离感,不,是那种悄然而至却又猝不及防的陌生感已非一日之寒……

我记得,我一连打了几次江燕燕的手机,得知的讯息是她那个号码竟然停机了。后来我也如实对陶冶说联系不上江燕燕,陶冶一听,这才告诉了我有关江燕燕辞职走人的情况。原来江燕燕辞职之前是征求过陶冶的意见的——这件事也在我心里纠结了好一阵子,看来江燕燕在做出人生重大选择前还是愿意听取陶冶的意见的,但是决不会去征询我或者三柱、胡子的意见,从某种意义讲,江燕燕这样做,也是表明了她在人生境界、价值判断、未来决策等方面与我、三柱和胡子所持的是"不与之相谋"的选择。我以往老是觉得江燕燕是会对我敞开心扉的,其实我错了。

陶冶对我说,他当时既没有表示赞成也没有表示反对,他只是告诉江燕燕:"如果那真是你内心的真实想法,那就抓紧去做吧——至于对与错,让时间去验证吧!"

陶冶还告诉了我另外一个我一点也不知情的重要信息:江燕燕这次辞职前居然还做通了李二的思想工作,动员他从那家时尚杂志社辞了职,参加了江燕燕的团队,并且负责他所擅长的文案策划工作,就是说,这对苦恋数十年的情人终于团聚到了一起。得知这个消息,我既欣慰感慨又莫名的失落伤感,甚至辗转难眠。很显然,在过往的时光里(也是我根本就不知情的状态下),为了这个最终团聚,他们一定经过了精心的谋划与努力,一想到这对从中学就产生恋情的恋人,经历了这么多年的曲折与坎坷,最终还是谁也离不开谁,终于团聚在了一起,我的内心还是充满了欣慰!

在我自认为已经到了不可能再对人生做出选择和规划的时候，江燕燕，甚至李二却大胆执着也是悄无声息，甚至是不动声色地就重新规划了人生路径，再次改变人生轨迹，而且仿佛就在一夜之间便完成了决策过程，完成得就像雪泥鸿爪一般。他们干得真漂亮！

奇怪的是，陶冶的晋升调离，对我并没有产生多大的情感触动。按说身边有这么一个当官的发小兄弟，多少是可以有些庇护的，我却没有一点这方面的心理期许——好像他早就是公家的人了，他的命运也早已不再为他个人所拥有，也就是说，他是随时可以从我们的身边离去的，是国家需要他，并不是他自己的选择。我相信（也是胡子曾经预计的那样），陶冶的官会越做越大，那也就意味着他可能要四海为家，而官场的历练何时是尽头，我是无法预期的，我当然祝愿他越飞越高，不仅造福一方，更在仕途上有大作为。

然而，竟然是江燕燕的离去，较之陶冶的调离，在我的心里产生了更大的震动，让我心头久久地感到失落不堪。在这之前，我完全没有这方面的任何感觉，就像江燕燕会永远跟我同处一个小城，尽管并不经常见面，甚至根本就见不上面，但她在那里，就像是一种安慰，一种稳定，甚至是一种温馨，一如我们童年伴随在她身边时那样，会有一种莫名的兴奋和温暖一样。现在，她几乎是不辞而别，仿佛一下子从我的生活里抽去了什么关键性的东西，或者说，就像夜晚的一间屋子里骤然停了电而变得漆黑下来一般。那阵子，我感到一种前所未有的孤独，尽管之前我好像也是那样的状态，但没有那种孤独。尤其是她临行前也没有来跟我告一声别,甚至也没有招呼一声,让我心里特别难受(后来我才知道,她同样连三柱也没有招呼一声)。她这是为什么?是我,还有三柱,我们在一起已经不能像当年那样沟通交流了,我们在观念和情趣上早已分道扬镳了,还是我们在关于人生和未来的选择上没有任何共识了?

我开始反思自己。这些年里,江燕燕曾得到过我的关心和照顾吗?没有,甚至一次也没有。仿佛她强大得从来也不需要别人的关心和照顾。我主动上门找过江燕燕,跟她交流、谈天,经常约她出来聚一聚、散散心了吗?有过,但那好像也是大家凑齐了才约在一起的,而交流的永远都是那些共同的话题,几乎不涉及个人,更不涉及情感。我了解过她内心真正的苦衷吗?几乎不可能了解。在我整天"两点一线"的工作轨迹中,在我老婆孩子热炕头地过着自己的小日子的时候,我关心过她吗?又真的在乎过她吗?那么谁能保证在过去的那些日子里,江燕燕就没有从内心对我失望过,甚至怨恨过?谁能保证她没有想过,作为她的发小,同在一城,竟然也会置她于不顾,甚至老死不相往来?她难道不会为此而伤心,甚至悔恨——悔恨她曾经把我们当作自家兄弟,当作她最亲爱的发小?而我一直以为,江燕燕是李二的恋人,似乎她的一切就应该由李二来负责,包括她的感情寄托,而我们这些旁观者,似乎就应该退避三舍,甚至最好就是不管不问——我们这样做了,能埋怨如今江燕燕的不辞而别吗?

小时候,我人生第一次品尝到的大白兔糖、广式酥饼、巧克力饼干——不,这么说吧,那个年代,我的家庭几乎不可能得到的所有好吃的东西,都是由江燕燕提供的,尽管也不是我独享,而是发小们都有份,但那个记忆早已根深蒂固了。读书学习一直是江燕燕的强项,从中学时代开始,她就辅导过我,记得为了应付摸底考试,她还给我传递过多少作弊的小纸条啊,有几次甚至冒着被老师当场抓个现行的危险,帮助我一次次越过班里成绩快要垫底的"险关"。第一次高考落榜后,她在大学里不仅一次次给我写信打气,而且还寄来了很多复习资料,几乎摆满了书桌案头,那上面连考试可能出现的试题她都一一做了特别标注,生怕被我漏掉了。后来我们终于又同处一座小城,但更多的时候,都是她来张罗聚会的,也是由她埋单打理,就连我结婚时的婚房布置和婚礼仪式,也是由她一手操办的……

那一夜,我怎么也无法入眠了。我翻身下床,拿起手机到了阳台上。我望着星光灿灿的夜空,拨通了江燕燕现在的电话。尽管我也不知道她现在在什么地方。她还没睡,声音有点沙哑,但听得出来她对我午夜突然打来电话感到十分惊诧,没等我开口,她倒抢先问我出了什么事啦,快说啊——显得急切而紧张。我平复了一下心情,先问了她这会儿没睡在干什么,她说在改写一个故事剧本,而且李二这会儿就在她的身边,也正关心着我这边究竟发生了什么特别的事情。我说,你跟李二问声好吧,我主要还是想跟你说说心里话。电话那边停顿了一会儿,江燕燕依然觉得很意外,纳闷地反问:"是要跟我说说心里话吗?"我肯定地回答:"是。"她说:"那好吧,你就慢慢说吧,我洗耳恭听。"于是,我便把自己想到的那些一股脑地说了出来;我责备自己在她还没有离开前的那些日子里根本就没有关心过她,甚至也没有关注过她,竟然一门心思地忙着过自己的小日子,对她几乎不管不问,甚至连约她出来吃顿饭、谈谈心的举动都不曾有过;我觉得自己不够朋友,也不够仗义,没有一个男人的担当和气量,不配跟她称发小兄弟,甚至也不配做李二的发小兄弟——一句话,在小城相处的那些日子里,我对不起你——江燕燕!

我突然觉得鼻腔发酸,嗓子眼发干,泪水流了下来,好像什么也说不下去了。话筒里好像静默了,我听见,是清晰地听见那边传来的抽泣声了,而且气息声越来越大:"阿贵,阿贵,别、别这样啊,千万别这样自责!……没有,没有啊!我一直很好的,很好的……我怎么可能怪罪你呢,还有三柱……不,是我做得不好,我没有跟你们招呼一声就走了,我现在也自责啊!哦,对了,今晚李二还说要争取回去一次,好好向你们检讨一下呢!——哦,阿贵,你千万不要再那样说了!你那样,会让我心碎的,真的,我很难受了,心里很难受的……我们这么多年,风风雨雨都过来了,我们多不容易啊,我怎么会有那样的心结呢?我那么爱你们,爱了这么多年啊,我怎么可能怨恨你们啊?你们都是我的亲人,甚至比亲人更亲,我会永远爱你们啊……啊,阿贵……"

她突然说不下去了,这时电话里传来了李二的声音,我知道电话转到了李二的手里。他说,声音异常冷静:"阿贵啊,我们兄弟这么多年了,我们什么时候抛弃过对方?我们什么时候忘记过彼此?我都听见了,你不要自责了!我现在跟燕燕在一起过得很充实,也很开心,一切又要重新开始了,你应该祝福我们才是啊!"

我没再说什么了,然后就挂了电话。站在夜色明媚的阳台上,我挥袖把眼泪擦干,那一刻我觉得心里好受多了,好像把这些日子里心里积郁的阴霾一扫而空了。

那个时候,对于总也联系不上的胡子,我心里开始有了一种不祥之感——他人间蒸发了?隐居深山了?移民国外了?还是……

第二十六章

不知道是日子熬成的,还是自己修炼的,总之,我终于安逸了下来,或者说,我终于对过去那个骚动的、惶惑的、不安分的我,彻底地妥协了。这是我在由不惑向知天命的过渡过程中逐渐意识到的。女儿快要读初中了,成绩在全校一直名列前茅,妻子张小红晚上在床头不无得意地对我说:"看来,还是咱俩的基因优秀。"我没答话,其实那一刻,我内心感慨不已。

妻子张小红是个街道办事处的小职员,中专学历,并不算聪明,但为人善良,相貌一般。如果说,我们的孩子优秀,那也算是老天的眷顾吧,因为我们的结合只有婚姻而没有爱情……何况,这些年里,为了孩子的好学校、好老师、好成绩,我们费尽周折,历经艰辛,真是一言难尽,倘若坚持说是孩子的先天基因厉害,那么我宁愿用所谓"歪打正着"来形容吧。

"凑合着过吧!"——这是我对眼下婚姻生活最为深刻的体会,也是对江燕燕、陶冶、李二,包括三柱每每口头上或电话里问到我"过得怎么样"时的明确答复。其实,真不是什么敷衍应付之辞。

原以为该变化的或可能发生变化的,都已经从年轮里消失了,年轻时谈论的所谓命运,会越来越清晰地呈现出它的本来面目,而且也并不是什么神秘的面目。然而,变化却从来就没有停歇下它那诡异多端而又神秘莫测的脚步——就在陶冶高升去了外省、江燕燕辞职去了南方影视公司的第二年秋天,胡子的噩耗才终于从新疆美丽的喀纳斯湖传来——他真的把自己沉没在了那一片美如仙境的湖水里,兑现了他当年自己亲口说下的:"将来如果有一天,老子混不下去了,就想死在那个湖里!"

他在留下的遗言里说,能够死在这片美丽的湖泊里是他选择的最理想的归宿,也是当初他"一见倾心"的归宿。遗言里还说,他的人生从一开始就不完美,情场失意,商场失败,冥冥中似乎总有一个魔鬼在追逐着他,纠缠着他,从而使他命运多舛,而一次次的幻灭早已摧毁了他对于生命的欲望——近三年来,他东躲西藏,甚至隐名埋姓,因为无法偿还的高利贷,他一直被人追债,他已经厌倦透了;他最后说,他对这个世界和自己的人生已没有任何眷念……

胡子的后事，是三柱负责操办的，包括把他的骨灰从新疆弄回来，直到在家乡小城买块墓地安葬了他。

三柱跟我说起了这趟去新疆给胡子办理丧事的经历，一边说着一边哭着，让人心酸不已。是胡子的小弟小妹陪同他一起去的。他开车把这弟妹俩带到南京机场，把车停在了机场的停车场，然后坐飞机赶往乌鲁木齐。在乌鲁木齐机场宾馆里住了一宿，第二天又乘飞机飞往阿尔泰，然后再乘车赶往喀纳斯。那里没有殡仪馆，当地派出所核对了他们的相关手续后，才把他们领进了一个阴暗潮湿的地洞，从立在墙面的一只巨大的冰柜里拖出了胡子的尸体。那一刻，胡子的弟弟妹妹几乎崩溃了，哭喊着要扑过去，被三柱阻止了，三柱把他们挡在了自己身后，他自己上前揭开裹尸衣，看清了胡子的遗容，从那时起，眼泪就一直在三柱的眼眶里打着转儿。胡子变得又瘦又小了，躯体像被抽干了水分的海绵，早已没有了生前那样的壮硕强健，灰黑色的遗容满是皱褶，就像一个长年为病痛所折磨而死去的老者。接下来，三柱租了医院的专用车，载着胡子的尸体赶往小城布尔津才把胡子的尸体火化了。然后，他们带着骨灰盒又按照原路线返回，从阿尔泰到乌鲁木齐，从乌鲁木齐到南京，这才回到家乡小城，直到让胡子入土为安。三柱说，这一路上，胡子的小妹伤心得几次休克了，返程时不得不在乌鲁木齐一家医院里住了两天，一直打点滴，才勉强支撑着回来。

最让三柱伤痛心碎的一幕是，在翻检胡子的遗物时，发现他空空如也的钱包里，居然留有一张我们六人，即我、李二、陶冶、三柱、胡子、江燕燕的合影。那是我们高中毕业时,在小城那家"红旗照相馆"照毕业照片时顺便拍的。记得当年,好像还是胡子的提议,"我们也正好合个影儿,留作纪念吧。"谁会想到,那居然是我们六人唯一的一张合影!三柱没舍得把它随胡子的尸体一同火化掉,而是带了回来。当三柱把那张早已泛黄、四个边角几乎都烂了的照片递给我时,我只是瞥了一眼,泪水便汹涌而下。那一刻,我几乎忘记了这张照片的由来。等我慢慢恢复了平静,揩干眼眶里的泪痕,我才逐一看清楚了那张六英寸黑白照片上的人物——那几乎是我已经不熟悉的五个英俊少年郎和一个青春美少女的合影——江燕燕居中,她左边是李二和三柱,右边是胡子、陶冶和我。每个人都微张着嘴做出欢喜的模样——我记得,红旗照相馆的那个黑脸膛师傅当时就站在黑乎乎的机架旁,左手握着拖着黑线的快门橡皮球,右手高举在机头上方空间一个聚集视线的位置上,在一连好几声的"笑一点,再笑一点,再笑一点"的催促下才完成了这张照片的拍摄。我把照片上的每个人都仔细端详了一遍,看到像众星捧月一般居中的江燕燕那张娇美的面容部分磨损得尤其严重,几乎都模糊不清了。当我把照片举到灯光下与视线平齐的角度时,我清晰地发现了问题,整张照片唯有江燕燕所处的那个位置磨损得严重,像细沙打磨过似的,那显然是照片的拥有者所为……我忽然有所省悟了,身上随之惊起了一层鸡皮疙瘩,泪水不禁又一次逾眶而下。不难想见,那个人生前是多么渴望爱抚,甚至得到照片中间的那个人啊,我怀疑那个人在决定结束自己生命的最后一刻,还抚摸过这张照片,抚摸过照片中间的那个人!

我吃惊地发现办完胡子丧事后,三柱也双鬓斑白了,一张曾经圆润红亮的脸膛也变得苍老干枯,下颌皮肤松弛,眼角纹理清晰,看上去就像是个乡村大爷的模样。我心里有一种莫名的酸楚。我跟他一同去了胡子的墓地,烧了纸钱,还把那张合影烧给了他。我们带了酒肉,就在墓碑旁,就像胡子还活着那样,我们吃着喝着聊着,说了许多和胡子生前没来得及说上的话,后来,我和三柱都哭了,哭得肝肠寸断,涕泗滂沱……

回到家里,我不自觉地照着镜子,我惊恐地看到镜子里的那个人,恍如见到了我的前世,一个未老先衰的人。

我们这边仿佛已夕阳西下,而另一边却似乎正迎来又一次旭日东升!

陶冶已升任那个西部城市的市委书记、市人大常委会主任。以往我是很少看西部省的卫视节目的。现在我隔三岔五就会锁定陶冶那个省的卫视频道,也频频从卫视新闻节目里看到他。他总是穿着深色夹克外套,头发开始向后梳理了,仍是那种黑亮的发色(染了吧),裸露出的额头光亮而饱满;身体仍像过去那样瘦削,但显得干练而健康,就是说,他的体型一直保持得很好,几乎看不出有什么变化。我看到,无论是在会场上,还是在工厂、工地或田间地头,他仍旧那么一板一眼地拘于言笑,但举止和气质里却透着更加老到的沉稳,还有那种修炼得差不多炉火纯青的不动声色的城府。不久前,我还在《人民日报》上看到了他写的一篇关于那个西部城市如何深化改革、激活发展动力的文章,近半个版面,从历史到当代,从宏观到微观,条分缕析,层层剖析,思路清晰,真是气势磅礴,让我刮目相看。我知道,陶冶的仕途仍在行进当中,不可限量。

江燕燕的辞职,像是终于迎来了一个她的人生大破局,也连带着打破了李二的人生僵局。这真是我让始料不及了。从那个时候开始,他们的故事就以另一种色调展开了,而且总是令人惊喜,高潮不断,令人赞叹。他们终于活得风生水起!这几年里,由江燕燕主导摄制的一部部电视纪录片,如《西域古堡纪事》《黄河人家》《城市遗忘了的故事》等等,频频亮相各家卫视频道,其中《西域古堡纪事》还荣获过一个国际传媒纪实类的电视大奖。我记得一时间,有好几家著名的卫视节目里,在播放的纪录片的片头上就可以看到制片人、导演江燕燕,撰稿人李二的大名,到后来,我甚至看到了副导演的名单上也出现了李二的名字。我还得知,他们的这番作为还得到了主政一方的陶冶的大力支持和资助呢。

他们这不是比翼双飞了吗?不是,那又是什么呢?难道这不是他们最初所向往和渴望的丰富和精彩?那么,为什么会在漂泊与挣扎了这么多年后,在疲惫、潦倒,甚至绝望之际,才勇敢地活出了个性和充实,才终于像是从沉潜的深潭里透出水面,置换出了一个亮堂堂、炫灿灿、有声有色的天地?

在那段日子里,我经常会坐在办公室里无所事事地发着呆,回到家里,坐在电视机前,目光望着屏幕,心思却并不在节目里,状态像是走了魂儿似的。妻子张小红有些担心,建议我去医院做个检查;她后来告诉我,她不是怀疑我的更年期提前了,而是忧心这是不是老年痴呆症的前兆。体检的结果当然是什么毛病也没有,一切生理机能基本完好。我其实是不想对张小红说(其实也是怕跟她解释不清楚),那些发呆的时刻我都是在回忆着昔日的时光,我、陶冶、江燕燕、李二、胡子,还有三柱在一起所经历过的一切。跟昔日的时光比,眼下的时光好像没有什么意义了。后来,我又在想象他们现在的生活,他们所过的日子——会跟我一样吗？显然不是,至少江燕燕和李二他们不是,或者说,这日子跟他们的日子相比,可能连任何相似的或重叠交集的地方也没有。有一次我还梦见在遥远的戈壁滩上,一支载着摄影器材的骆驼队在朝阳里穿越荒漠,江燕燕和李二坐在领头的一只壮硕的双峰骆驼背上,他们在向古老神秘的楼兰古城进发;晨风扬起江燕燕和李二的长发,他们几乎依偎在一起,彼此脸上都飘荡着霞光,他们怀揣着梦想,依然雄心勃勃……有几次我还想到,江燕燕会像我的妻子张小红那样关心柴米油盐吗？会因为孩子的就学和成绩而废寝忘食吗？或者,李二会问江燕燕有关柴米油盐之类的问题吗？问她将来要把家安在什么地方？咱们什么时候结婚,什么时候养个孩子？都是中年人了,这些问题难道不值得考虑一下吗？

其实,这些问题是有答案的,那就是我们早已不在同一条人生道路上行走了；走的方式、格调、心境也自然都不一样了。

我越来越不愿待在家里，守着电视看那些枯燥乏味的节目。晚饭后，只要天气好，我就会独自在小区里散散步，直到可以回去洗个澡，然后就上床睡觉。那天夜里，我走着，抬头仰望星空，透过树干，那一弯当空的月亮，像极了我少年时看到的模样，皎洁柔美，光泽如霜，不知怎么的，我的眼泪就止不住地流淌了下来。我的心里好像有个念头在鼓涌着，但就是发不出声来——时光啊，你终于抛弃了我，不，是抛弃了我们！我们已无法再回到当年那间简陋的教室里，重温所有的旧梦；无法再回到李二那间阴暗狭窄的小房间举办文学沙龙，畅想世界，幻想未来；无法再重赴曾经留下足迹与泪水的大江南北，体验甘苦，忍辱负重，梦幻梦醒。一句话，我们再已无法回到从前！

现在，我的身边只剩下三柱了。我们时常会聚一下，大多是他请客，在酒店预订了席位，他带着老婆孩子进城来，我们也是一家三口，两家人围着一张桌子，热热闹闹哄一场，但更多的时候，还是就我们俩找个僻静的小酒店里小酌几杯，图的是清静和安逸。三柱老得厉害，鬓发全白了，眼睛也有些浑浊，脸上纵横的褶皱又深又长，一双粗糙的大手也是指节粗大、裂口层叠。他说，他干不动了，不仅是脑子不好用了，而且身体也不行了，回到别墅上个楼梯就喘得凶，下楼也觉得腿脚发飘，去医院体检了，高血压、腰肌劳损，还有其他几项也是临界病症的指标。他吃东西不再是那么狼吞虎咽，酒也是只吱溜一小口下去，吧嗒着嘴，挥着筷子慢条斯理的样子，菜也吃得少而细，嘴里没有咀嚼干净了,就绝不往嘴里撅第二筷子了。不过,他依然乐观得很。他告诉我,他的大孩子明年就要高考了,说是将来根本就没兴趣接他的班,孩子的志向是搞建筑,要做建筑大师,他也没办法,不过,孩子要做"建筑大师"的理想让他很自豪。眼下他要做的就是物色人选准备交班事宜,不行的话,他就把农庄整体转让给别人。

从小酒店里出来,我俩走在夜色清淡的街道上。街上没有什么行人,商店几乎都打烊了。路灯孤零零地亮着,树影里几只野狗匆匆逃窜过去。

"兄弟啊!"三柱感喟一声,用手臂搂上我的肩膀,他还是那么有力道,这会儿那条手臂还透着酒劲呢,"这辈子,我没有什么可遗憾的。想当初,我最害怕的就是这辈子可能受穷,吃喝都成问题啊。你不会知道,下岗那会儿可真是把我吓坏了,天塌了似的,后来又是离婚,我真是快绝望了。那会儿,不是环境逼着我,我哪会有今天这样的日子啊!也是环境逼着我下决心去做农民,现在看来,是做对了啊。尽管也是吃够了苦头,遭够了罪,但回头想想,还是值啊——"他打了个气味难闻的酒嗝,手臂仍搭在我的肩头,伴着我一颠一颠地往前走着。我觉得在他的那只依然有力的手臂搭衬下,我的身体好像变得轻飘飘的了。"我早就明白了,我这辈子不可能轰轰烈烈,也不会大富大贵,更不会大红大紫,反正就是辛苦的命,但我从没退缩过啊!许多时候,我也是咬紧牙关才挺过来的。我还是觉得老天爷待我不薄,也就是所谓天道酬勤吧,虽说是辛苦遭了罪,可我总还是挣到了足够的钱啊,那些钱至少保我、我儿子、我孙子这辈子吃喝不用愁了,我复何求呢?"

三柱很兴奋,衣衫敞开着,除了那只搭在我肩头的手臂,另一只手也挥动起来。"现在想想,好像所有的日子一下子都过去了,不知不觉的,我们都快要成为老人了!这日子过得……唉,我们还是很欣慰,我这辈子有你们这些发小兄弟,我活得有面子,也有尊严,说实在的,是心里有底气——我过去一直以为,你们将来可能就是中国文坛上的新星,一个个都会星光灿烂,无与伦比,而且一定是被大众拥戴着,而我就仰仗着你们的星光而活着,吃呀喝呀的,根本就不用我犯愁的……可是——结局完全不是这么一回事啊!就说陶冶吧,他能做官,而且还做到了那么大的官,这可是我过去根本没有想到的——(他把头转向我,目光看着我:你想到过吗?我摇头:没有。)那么大的官要是给我做,我根本也做不了,不,是一天都做不了!你要管着上百万人的事,还要处理那么大一摊子人的复杂关系,还要分个轻重缓急,还不能出现一点差错,想想这些,我的脑袋就大了!不说他了,他就是咱们发小圈子里的超人吧!再说李二,他能写那么好的诗,换成我,打破脑袋也根本写不出来啊!他目光那么高远,他怎么混,也不会跟我这样的人混在一个队伍里啊!还有江燕燕,她的美我就不说了,就她的才华和聪明,是我能企望的吗?就是你阿贵吧,我如果能有你那样的会读书、会舞文弄墨,我会走如今这条路吗?我不也一样会在外面的世界疯一场吗?所以说啊,我生来可能就是个乡下地主的命!这个命,也不错,不错,哈哈哈……"

三柱滔滔不绝,而眼眶里却盈着一汪晶莹的泪水。我始终没有插一句话,我知道,他是难得这样总结自己,这样点评我们这些发小兄弟。我注意到他始终没有把胡子拿出来作比较,几次停顿下来,甚至有点哽咽了,也没有把胡子的名字说出来——那个时候,我们说话已经尽量不再提及胡子了,似乎谁都不愿触及那个伤痛。胡子几乎成了我们话题的禁忌;即使偶尔牵扯到他,我们也会很快转移话题。

事实上,胡子就是从那个时候起,活在了我们的心里。

第二十七章

就在那天晚上,回到家里后,我怎么也难以入眠。于是,我下了床,披着单衣,走进了书房里。在椅子上坐定后,我望着窗外黯淡深沉的夜空,心情渐渐平静下来。我的脑海里像波涛汹涌的海洋,渐渐漂浮起那仿佛并不久远的童年、少年和青年的青葱岁月;那个岁月里的无忧欢歌、天真烂漫、随性无知、理想梦幻……

我一下子就想起了三十多年前那个阳光明媚的下午,高中毕业的最后一堂课上,那个白发苍苍的艾老师不厌其烦地叮嘱着高考前的"注意事项",一遍又一遍……想起了放学后,在余晖里,我、陶冶、李二、胡子和三柱在操场边上都说到了些什么,然后我们又一同走出了校门,沿着小街往当年小城那家著名的"红旗照相馆"走去。路上,就在十字路口那里,为了一扫彼此离别校园的惆怅,我们每个人都曾高声吼过响亮的诗句——

李二:"大风起兮云飞扬。威加海内归故乡。安得猛士兮守四方!"

陶冶:"孩儿立志出乡关,学不成名誓不还。埋骨何须桑梓地,人生无处不青山。"

胡子:"我要扼住命运的咽喉!"

我:"青山遮不住,毕竟东流去。"

三柱:"我要做那只高傲的海燕!"

江燕燕:"我必须是你近旁的一株木棉,作为树的形象和你站在一起。根,紧握在地下;叶,相触在云里。"

——那都是三十年前的情形,至今回想起来,依然是那样激情、纯真、热烈!

我又鬼使神差地在书房里找出了当年那本布满尘灰、皮面泛黄的旧影集。

在书房里的台灯下翻开它的那一刻,就像翻开了不忍卒读的历史。

第一页上就是陶冶、胡子、李二、三柱、江燕燕,包括我的中学毕业照片。这就是高中毕业那天傍晚,我们一同去"红旗照相馆"照的标准照。这六张规格一致、剪裁了花边的二英寸黑白照片,呈扇形地镶嵌在黑色纸页上,不仔细辨认,已经很难看出谁是谁了,就是说,时光早已涂改了照片上每个人脸上的稚嫩、单纯和那种喷薄欲出的青春朝气。然而,照片上每个人的眼睛里折射出的目光,似乎还是提前预示了某种命运的气息——

瘦弱的陶冶一脸严肃,一看便知当时他是正襟危坐在那种披在厚重的绒布里面的照相机镜头前,他那双微眯的眼睛,冷静而镇定,仿佛知晓未来人生之途的艰辛不易。

微胖的胡子则是微笑着的,像是哈着腰身,目光却是散淡的、游移的,似乎一直处在某种不确定的疑虑当中。

帅气的李二那个时候头发就梳向一侧了,而且额头光亮,英气逼人——不看不知道,一看吓一跳:他当年的目光就表现出了那种张扬的坚定和自负的骄傲,仿佛是在说,对于未来,他无所畏惧,他将始终不渝。

那个扎着两条细辫子的江燕燕,今天看来,仍像个漂亮的洋娃娃那样可爱迷人;她的微笑除了美丽天真,如今看来也无其他的词语可以形容,她当年晶莹的目光就如同看到了七彩人生和万象世界,等待着她去那样一个天地里游历和探寻。

三柱是一张圆圆的紧绷着的脸,而且没有任何表情,那一刻他仿佛被什么魔法怔住了,他的目光显得惊恐不安,似乎未来充满了不可预见的惊涛骇浪。

我突然想起来了,中学毕业时我们曾约定,彼此互赠的照片背面都要写上自己未来要干什么,或者说出自己崇拜的偶像,也就是将来立志的方向。其实他们当年写下过什么,我都看过,只是如今早已忘记。我首先将陶冶的照片抽下,翻到背面,我看到他写着"拿破仑",接着就用蓝墨水钢笔来回若干次涂抹,又在下面工整地写上一行小字:"一个对国家有用的人"。三柱的背面写着"倪志福",接着就用铅笔来回涂改了,又在下面歪歪扭扭地写上一个名字:"王进喜。"江燕燕的照片背面居然写的是"江青",接着又用红铅笔涂改了,改写为"英格丽·褒曼"。只有李二的照片背面没有任何涂改,写着一行清秀遒劲的小字:"中国未来的艾青。"

我之所以最后一个抽出胡子照片,是因为他已经成为我们内心的伤痛,而我一直在回忆着他当初写下过什么却总也想不起来。我抽出了胡子照片,那张照片背面写的是:"许文强。"我愣住了,一时根本想不起来这个名字用意何为。我的脑子迅速地回想了那个年代的所有特别标记,等我艰难地想起了这个人就是当年那部火遍大江南北的香港电视连续剧《上海滩》里面的那个由周润发主演的主人公时,我的眼泪就禁不住流了下来。

下半夜了,我从书房走到了阳台上。世界漆黑一片。不知为什么,就是心里莫名地想哭。

后来,我真的哭了。我哭了很久很久。